诺贝尔
文学奖 作品
Nobel laureates 精选 插图版
in Literature

如梦初醒

〔英〕高尔斯华绥 / 著

王亚文 / 编译

海豚出版社
DOLPHIN BOOKS
CICG 中国国际传播集团

图书在版编目（CIP）数据

如梦初醒 /（英）高尔斯华绥著；王亚文编译．
北京：海豚出版社，2025．6．—（诺贝尔文学奖作品精
选）． -- ISBN 978-7-5110-7341-9

Ⅰ．I561.84

中国国家版本馆 CIP 数据核字第 2025TH8211 号

如梦初醒

（英）高尔斯华绥　著　王亚文　编译

出 版 人	王　磊
责任编辑	肖惠蕾　王洪聪
特约编辑	杨京京
封面设计	宋双成　蒋　飞
责任印制	蔡　丽
法律顾问	北京市君泽君律师事务所　马慧娟　刘爱珍
出　　版	海豚出版社
地　　址	北京市西城区百万庄大街24号
邮　　编	100037
电　　话	010-68325006（销售）　010-68996147（总编室）
印　　刷	天津泰宇印务有限公司
经　　销	全国新华书店及各大网络书店
开　　本	710 mm×1000 mm　1/16
印　　张	11
字　　数	125千
版　　次	2025年6月第1版　2025年6月第1次印刷
标准书号	ISBN 978-7-5110-7341-9
定　　价	39.80元

开篇语

　　《如梦初醒》是约翰·高尔斯华绥少有的充满童趣和童真的少儿小说，它讲述了小男孩乔恩的成长故事，他拥有富足的生活和爱他的亲人，同时，他还有着充盈的灵魂。我们读这篇小说的时候总会欣然而笑，因为虽然远隔百年的时间，跨越了很远的距离，可是乔恩和孩提时的我们多么相像啊。"沿着楼梯扶手一滑到底"，读了喜欢的故事就扮演成故事里喜欢的角色，还用家里有的东西假装故事里的物品，假装在火上烤鱼……乔恩的生活充满童趣和想象力。

　　在长大后，我们也许会唱起那首《童年》，唱着池塘边榕树上的知了，唱着操场边秋千上的蝴蝶。这里面都有我们的童年吗？或许我们童年的记忆里还有对鲁迅先生百草园中美女蛇的恐惧……我们和乔恩，都在人生中最美好的时光中快乐而懵懂地度过。

　　高尔斯华绥，一位伟大的诺贝尔文学奖获得者，他倾情描绘刻画的那个叫乔恩的小男孩，既是每个小孩子，也是作者自己。

　　当我们欣赏过梦幻的童真之后，让我们一起进入现实主义的世界吧。

　　高尔斯华绥可不是只会描写梦幻故事的人，他还有《福尔赛世家》

这样的现实主义作品。《有产业的人》是高尔斯华绥长篇三部曲《福尔赛世家》的第一部，也是最重要的一部，正是这部小说奠定了高尔斯华绥在文坛的地位。这部作品毫不避讳地讨论"金钱""财富"和"地位"。

本书中节选了《有产业的人》前六章内容。这个故事里的人物很多，每个人的形象都鲜明生动，一个个人物或狭隘自私，或冷漠傲慢。他们信奉所谓的"个人主义"，其实就是自私自利以自己为中心的一种狭隘的思想。那些所谓的上层人，在高尔斯华绥简洁准确的笔触下，鲜活地呈现在我们面前。那个年代所谓上层社会的面貌，从这一家人的行为举止上得以展现。

在《有产业的人》这本书出版十二年后，《老乔里恩的晚年时光》这一章作为独立内容面世了，它像是搭起了一座桥，连接着故事的第二部和第三部。这一章内容讲的是，女主角伊琳在回到家里的那个晚上，心里还是憋着一股气，决定再次离家出走。她曾经想不开做过傻事，幸好没成功。后来，她靠着爸爸留给她的每年五十镑生活费，还有给别人补课赚的钱，选择不再依赖索米斯，自己独立门户过日子。因为伊琳走了，索米斯就把他们在罗宾山的大房子卖给了老乔里恩。而老乔里恩干脆辞掉了城里的工作，带着儿子、儿媳、孙子和孙女一大家子搬去了乡村享受宁静。

这时候，小乔里恩带着家人去意大利度假了，而琼则选择住进了城里，只留下老乔里恩和小孙女在家相伴。一个天气特别好的五月下午，老乔里恩在花园里溜达，意外发现了坐在一棵倒下的树干上的伊琳，她好像在怀念以前的日子。老乔里恩已经好久没有伊琳的消息了，他一直心疼她的遭遇，就邀请她去大房子里坐坐，还一起吃了晚饭。

从那以后，他们偶尔见见面，这让老乔里恩觉得很开心。有一天晚上，他决定在他的遗嘱里给伊琳留一笔钱，好让她将来的生活更安稳。至于家里人会怎么想他的这个决定，他已经不那么在乎了。故事的最后，是老乔里恩突然心脏病发作，安详地离开了人世。

高尔斯华绥经历过战争，也经历过时代的巨变，他有埋藏在内心深处的童真和浪漫，也有隐藏不住的悲哀和思考，他也鞭笞讽刺这个社会。本书虽然选取的文章不多，却比较立体地把高尔斯华绥展现在我们面前。一个人在成长的过程中，需要用理智和浪漫装点大脑，同时运用既细腻又广博的角度来思考这个世界。这是高尔斯华绥带给我们的，也是本书最直观的用意所在。

Contents 目录

有产业的人（节选）/ 001

第一章　老乔里恩家的茶话会 / 001

第二章　老乔里恩上歌剧院 / 022

第三章　斯悦辛家的晚宴 / 039

第四章　房子的筹建 / 055

第五章　一个福尔赛家庭 / 067

第六章　詹姆士细描 / 075

老乔里恩的晚年时光 / 085

一 / 085

二 / 104

三 / 111

四 / 121

五 / 128

如梦初醒 / 142

有产业的人

第一章　老乔里恩家的茶话会

当福尔赛家有喜事要庆祝时，被请来的客人们总能亲眼见到中产阶级精心打扮后光鲜亮丽的一面，这不单让眼睛享了福，也是开眼界的好时机。不过，假如有谁心细如发，能洞察人心，虽然这种本事在福尔赛家不太受待见，他或许会察觉，这些热闹的聚会不光是看起来漂亮，更悄悄揭开了社会的一层面纱。从家族聚会的小细节里，他能捕捉到家族作为社会稳定桥梁的影子；家族就像个微型的社会模型，家庭成员之间哪怕感情淡薄，没有太多共鸣，也维持着一种说不清道不明的紧密关系。这一切，就像是在看社会变迁的微缩景观，让人隐约看到了宗族、团体乃至国家如何分合、兴亡的秘密。就像目睹一颗种子长成大树的全过程——这是对顽强和自立最直接的展现，其间，有弱苗的枯萎，也有壮树的勃发——最终，这棵树繁花似锦，绿叶浓密，生命力之强盛，叫人动容。

那是个晴朗的下午，时间走到了一八八六年六月十五日，大约是钟表指到四点光景。要是有谁刚好路过斯坦厄普广场的老乔里恩·福尔赛家，肯定能赶上福尔赛家风光时期的一个亮点时刻。那天，家里正热热闹闹地开着茶话会，为的是庆贺家里的掌上明珠琼·福尔赛和菲力普·波辛尼订婚的大喜事。福尔赛家的亲友几乎都来了，场面就像维多利亚时代的一场时装秀，白手套配黄马甲，羽毛帽和长裙子争奇斗艳，满眼都是富贵和气派。

就连平时大门不出二门不迈的安姑妈，这次也破天荒地露了面。她日常就窝在提摩西表哥绿油油的客厅一角，周围堆满了书本和没绣完的针线活，一只瓶子里插着染了色的蒲苇草，像是和外面世界划清界限的符号。墙上挂的，是从爷爷辈传下来的好几代人的画像，静静诉说着福尔赛家的光辉岁月。但在这么个特殊日子，安姑妈挺直腰板，一脸严肃又和善。她的出场，就好像是家族团结精神的实体象征，把家族核心的凝聚力展现得淋漓尽致。

福尔赛家有个规矩，不管是订婚、结婚，还是添丁进口，全家人一定得聚一块儿热闹热闹。说来也怪，好像死别这类伤心事，跟他们家无缘似的，生死仿佛和他们追求的永恒兴旺唱反调，所以他们总是小心翼翼地避开这茬儿。在这些精力旺盛、把家产看得比什么都重的人心里，避免任何可能让家产受损的事，已经成了心照不宣的默契。

那天，家里的成员跟客人打交道时，个个打扮得比平时更讲究，既镇定自若又带点儿防备和打量的眼神，情绪饱满却不失分寸，就像是一队装备精良、随时待命的战士。索米斯·福尔赛那股子高傲劲儿，这会儿似乎传染给了全家人，大家都不约而同地摆出庄严的姿态，共同迎接这场庆典，心里也暗自提防可能出现的意外。

老乔里恩家的订婚茶话会，不经意间成了福尔赛家族史上一个里程碑式的转折点，家族故事的序幕就这样缓缓拉开了。

福尔赛家的人，心里都藏着一样东西，那就是对某事深深地反感。这种反感，不仅仅是因为个人情感，更是作为福尔赛家族成员与生俱来的感情倾向。他们那过分讲究的穿戴、对客人的刻意亲近、对家族历史的强调，还有那份藏不住的傲气，都是这种深层次不满情绪的直接反映。只有面对真正的考验或是敌人时，一个集体或个人的真面目才会彻底暴露，而那天，福尔赛家感受到了一种紧迫的危机感，驱使他们全体进入了一种从未有过的警戒状态。

大块头斯悦辛·福尔赛，随意地倚在钢琴旁，平时爱穿别着镶钻胸针的丝绒马甲，但这天特意加了件马甲，还换了枚红宝石胸针，显示他对这天的重视。他那张饱经风霜的国字脸，配上淡黄色的眼眸，不用开口就透着威严。他和孪生哥哥詹姆士，一个胖一个瘦，老乔里恩戏称他们是"胖瘦绝配"。詹姆士这时正站在窗边，享受着新鲜空气，虽然也是六尺男儿，但和斯悦辛的壮实形成鲜明对比，好像天生就是来平衡他兄弟的体重的。他稍微有点儿驼背，眼神时而深沉，透露着内心的忧虑，时而又锐利地扫视着周围的热闹，紧闭的嘴上方，深深的法令纹和精心修剪的络腮胡子，构成了典型的邓德里雷式胡须，手里还把玩着一个小瓷器。

不远处，詹姆士的儿子索米斯正聚精会神地听一位穿褐黄色衣服的女士讲话。索米斯脸色苍白，剃得干干净净的脸，头上稀疏的深棕

色头发，下巴微微上翘，鼻子微抬，透出那种我们前面提过的傲慢，就像在挑剔什么不合口味的东西。索米斯身后，是他堂弟乔治，罗杰·福尔赛的儿子，也是个大高个，圆圆的脸上挂着奎尔普式的狡猾笑容，显然正憋着一句刻薄话。

在这样特殊的氛围下，每个人都不由自主地被卷入其中。

三位上了年纪的老太太亲热地坐在一起，她们是安姑妈、海丝特姑妈——福尔赛家还没出嫁的两位老姐妹，以及昵称裘丽姑妈的裘丽雅。裘丽姑妈晚年勇敢地跨出了传统束缚，和身体虚弱的席普第末斯·史木尔结了婚，尽管现在已守寡多年，但她和她的姐妹们一起住在提摩西·福尔赛湾水路那个温馨的家中，提摩西是家族里最年轻的小弟弟。每个老太太手里都拿着一把精致的扇子，脸上淡淡地扑了点儿粉，无论是帽子上的羽毛装饰还是胸口闪亮的胸针，都在细节上体现了这场聚会的特殊与庄重。

老乔里恩，作为家族的长辈，当天站在屋子中间，扮演着主人的角色。虽然他已年过八十，但一头银发、饱满的额头、深灰色的眼睛，加上那硬朗下巴上的雪白胡须，让他看起来特别有威信。尽管面颊消瘦、太阳穴凹陷，但他依旧精神抖擞，站得笔直，眼神里透着一股子坚定和清明，没有半点儿猜忌，这是他多年来坚持自我、保持尊严的结果。他对外来者从不抱有疑虑或敌意，这十分难得。

他和在场的四个兄弟——詹姆士、斯悦辛、尼古拉斯、罗杰——各有特色，但也有共同之处。他们兄弟几个性格不同，却又紧密相连。五个人的脸虽表情各异，五官各具特色，但细看之下，特别是观察他们的下巴轮廓，就会发现一种家族的共同特征——那是一种隐藏的坚韧和决心，是岁月沉淀下来的家族印记，无从追溯其源头，却实实在在地存在着。这种共有的下巴特征，就像是福尔赛家族的基石，象征着家族的稳固和信誉，正如他们的家业一样，坚如磐石，代代相传。

年轻一辈的福尔赛兄弟们，无一例外地继承了家族的特点。乔治以他牛一样的强壮展示力量；亚契保尔德虽面色苍白，却内藏无限活力；小尼古拉斯，还稍显青涩，努力摆出一副既倔强又迷人的样子；欧斯代司则是一副认真中带着点儿玩世不恭的坚决神情，虽然这些特征难以具体描绘，但每个人的内心深处，都深深烙印着家族抹不去的共同标记。

这天下午，这群性格上既多样又惊人相似的面孔，在不同时候，都不由自主地流露出一丝猜疑。他们的共同猜疑，似乎都集中在这次聚会的主角，那位特意前来拜访的客人身上。在这种气氛下，就连家族内部的一些微妙动态，也让人感觉到底下暗潮涌动的味道。

大家都说菲力普·波辛尼手头紧，但这在福尔赛家的姑娘们看来不算新鲜，她们以前也遇到过类似情况，甚至还有结婚的。所以，他们对他不放心，并不仅仅因为他缺钱。有一件事，在家族里悄悄传开了，连他们自己都说不清这担心到底源自何处。有次，波辛尼戴着一顶旧得褪色的灰呢帽去见了安姑妈、裘丽姑妈和海丝特姑妈，这种正式场合本不该这么随意。那帽子脏兮兮的，款式也过时了。"真特别，亲爱的——太古怪了。"姑妈们这样评价。还有一次，海丝特姑妈因视力不好，在狭窄的走廊错把椅子上的帽子当成了一只脏猫，心想汤米哪来这样的朋友，本想赶走它，却发现那"猫"纹丝不动，心里不免有些不舒服。

艺术家画人画景，总爱捕捉些意味深长的小细节。福尔赛家人虽未多言，却也不自觉地对那顶帽子投去了目光，仿佛里面藏有什么秘密。在他们眼中，这帽子非同小可，成了整件事情的关键。他们暗自思量："我要去拜访别人，会戴这样的帽子吗？"答案很统一："绝对不可能！"更有想象力的还会补一句："我甚至想都不会想！"

乔治听闻此事，忍不住大笑，他认为这帽子肯定是故意捣蛋的产物！在这方面，他自己可是行家。

"太失礼了！"他评论道，"这家伙真是个胆大的海盗！""海盗"这一绰号很快就流传开来，成了家族中提到波辛尼时的代名词。

那次访问之后，三位姑妈都因为帽子的事情对琼有些不满，纷纷说："亲爱的，你应该阻止他戴那样的帽子上门！"

而琼总是那么轻松又倔强地回应，带着她一贯的不服输："哎呀，有什么关系嘛！菲力才不在乎他戴的是什么帽子呢！"

她的回答让人摸不着头脑。一个人怎么会不在乎自己戴的帽子什么样呢？真是太好笑了！

人人都知道，老乔里恩的财产将来都是琼的；这个年轻人能与琼订婚，确实有他的手腕；但他究竟是个怎样的人呢？没错，他是建筑师，但这并不能成为他戴那种帽子的理由。福尔赛家里虽然没有建筑师，但有个亲戚认识两个建筑师，他们在伦敦社交季拜访时，绝不会戴那样的帽子。这真是个问题！太不合适了！琼显然没意识到这一点，尽管她快十九岁了，但她的穿着品位总显得格格不入。索米斯的妻子总是打扮得体，可琼还觉得羽毛装饰过时了呢。索米斯太太后来确实没再用羽毛装饰，她认为琼的看法很中肯！

尽管家族各支对这门亲事心存疑虑，且深感忧虑，甚至反对，但他们还是响应了老乔里恩家的聚会邀请。斯坦厄普广场发出的聚会邀请极其难得，这是十二年来的头一遭，自从老乔里恩夫人去世后，确实再没举办过这样的聚会了。

家族成员几乎全员到齐，尽管他们之间有分歧，但在重要时刻总能表现出团结，就像田野里的牛群遇到狗的侵扰，会肩并肩站成一排，准备共同抵抗。他们也想借此机会摸清送礼的路子："你打算送什么？""尼古拉斯准备送一套银勺子！"礼物就这样在家族间的交流中敲定了。当然，送什么还得看新郎是什么样的人。如果新郎仪表堂堂，衣着考究，气宇轩昂，自然值得一份体面的礼物，他也会有所期待。最终，像股票交易一样，通过家族内部的协商，每份礼物都恰如其分。最细致的讨论发生在提摩西家，那座可以俯瞰海德公园的宽敞红砖房子里，安姑妈、裘丽姑妈和海丝特姑妈都住在那里。

所以，仅仅因为一顶帽子的故事，就足以让福尔赛家族感到不安。对于这样一个重视中上层社会体面的大家庭来说，不感到担心才是怪事。那位引起这场风波的男士正站在远处的门口，与琼交谈；他那略显凌乱的卷发，似乎预示着他已经感受到了周围的异样气氛，嘴角还挂着一丝不易被察觉的狡黠微笑。

乔治和他的弟弟欧斯代司小声议论："他看起来随时都会溜走——

这个流浪的海盗！"

后来，史木尔太太总是称他为"那个样子奇怪的人"。他中等身材，结实健康；淡黄色的脸庞配上灰黄的胡须，高高的颧骨，凹陷的双颊；前额高而突出，特别是在眼眶上方，就像动物园里狮子明显的额峰；浅褐色的眼睛时而闪烁着类似雪莉酒的光泽，偶尔流露出一种恍惚的神情，让人感觉不太自在。有一次，老乔里恩的马车夫在送琼和波辛尼看完戏回家后，跟管家说："我不明白他怎么了，看起来就像是只刚被驯化不久的野兽。"

在福尔赛家族的成员偶尔的窥视下，琼坚定地站在他身边，用自己的身躯挡住了那些好奇的目光。她身材小巧，正如人们常形容的那样，"头发和气质都十分出众"；她那蓝色的眼睛透着坚定与勇敢，下巴高傲地抬起，皮肤白皙；在金红色头发的映衬下，她看起来更加娇小。

不远处，一位身材高挑的女士正微笑着注视着这对情侣；她的身姿像希腊女神一样优雅修长。她戴着淡紫色的手套，双手交叠在身前，散发出一种优雅而迷人的气质。她的侧脸吸引了周围绅士们的目光。她行走时步履轻盈，动作缓慢而庄重，仿佛在柔和的风中轻轻摇曳。她的脸颊柔和，几乎没有红润；深褐色的眼睛流露出温柔。然而，男人们更多地将目光投向了她的嘴唇，无论是提问还是回答，她的嘴角总是挂着一丝微笑；那双诱人而甜美的嘴唇，散发着春日里花朵般的温暖。

他们沉浸在订婚的喜悦中，完全没有注意到旁边那位柔情似水的女子正注视着他们。波辛尼首先注意到了她，询问她的名字。于是，琼带着她未来的丈夫走向这位优雅的女士。

"伊琳是我最好的朋友，"她介绍道，"我希望你们也能成为好朋友！"琼半开玩笑地介绍让三人心领神会。

这时，索米斯·福尔赛悄然出现在伊琳身后，他是这位优雅女士的伴侣。"我也想听听你们在聊什么！"他说道。

在社交圈中，索米斯总是紧跟在伊琳身后；即使短暂分开，他的目光也始终停留在她身上，眼中流露出复杂的情感，似乎在保护和期待之间摇摆不定。

索米斯的父亲詹姆士依然靠在窗边，认真地观察着瓷器上的印记。"我不明白乔里恩为什么同意这门婚事，"他对安姑妈说，"有人告诉我，他们可能要等好几年才能结婚。这个小波辛尼（他强调了第一个音节，拉长了字母）根本没钱。当维妮佛梨德和达尔第结婚时，我要他把所有财产都变成嫁妆——真是个笑话——否则他们早就破产了！"

安姑妈安详地坐在舒适的绒面椅子上，目光投向天花板。她那头白发依旧卷曲，多年来一直保持着这种状态，仿佛时间在她身上停滞了。为了保护嗓子，她很少说话，只是静静地聆听。詹姆士看着她，心中充满了疑惑，但她的沉默对他来说已经是一种回答。

"当然了。"他说，"伊琳没有钱，我也没有办法。索米斯为此非常焦虑，他对她关怀备至，自己也因此瘦了不少。"他的话语中蕴含着复杂的情感，不仅仅是简单的嫉妒或轻视。提摩西一直保持着低调，作为家中最小的兄弟，他一直在出版界工作。他预感到市场将会衰退，尽管这一切还未发生，但大家都知道这是迟早的事。他卖掉了手中的股票，转而投资了三厘利息的国债。这样的选择使他在家族中显得与众不同，其他人都追求更高的回报率。他或许更为谨慎，但这样的独特选择也让他变得更加谦逊、孤僻。在福尔赛家族中，他几乎成了一个传奇，象征着安全却又遥不可及。他选择了独身，不愿意结婚生子，认为这一切都太不现实。

詹姆士轻轻敲打着瓷器，继续说道："这些瓷器并不是真正的古董。乔里恩可能提到过他的那个年轻朋友。据我所知，他没有工作，没有钱，也没有有影响力的朋友或亲戚。当然，我也了解不多，他们从不向我透露太多。"安姑妈摇了摇头，她那张棱角分明的老脸上闪过一丝波动。她交叉双手，细长的手指仿佛在暗中坚定着她的决心。在福尔赛家族中，安姑妈是最年长的，拥有特殊的地位。其他家族成员都很实际，但对她却都保持一种敬畏，尽量避免与她有过多接触。

詹姆士双腿交叉，继续说："乔里恩总是这样任性。自己的孩子——"他突然停了下来，想起了老乔里恩的儿子小乔里恩。小乔里恩，也就是琼的父亲，自己闹得一团糟，抛弃了妻子和孩子，与一名外国女教师私奔，最终毁了前程。"唉，"他赶紧改变话题，"如果他愿意，对他来说无所谓。你说，他打算给新娘准备多少嫁妆？每年大概需要一千镑吧；除了留给她，他的钱也没有别的去处了。"

这时，一位穿着考究、胡须整洁、几乎秃顶、鼻子低平、嘴唇厚实、冷灰色眼睛藏在浓密眉毛下的男士走了过来，詹姆士伸出手与他握手。"尼克，最近好吗？"他问。

尼古拉斯·福尔赛迅速用冰冷的手指碰了碰詹姆士同样冰冷的手掌，然后像小鸟般灵巧地收回手，脸上带着一丝早熟的孩童气息。尽管他在自己担任董事的公司里通过完全合法的方式积累了大笔财富，但表情却显得疲惫。

"糟透了。"他嘟囔道，"整整一周都感觉不舒服，晚上失眠。医生也找不出原因。那医生倒是机灵，不然我也不会找他，但除了寄账单，我没有得到任何好处。"

"医生！"詹姆士不屑地说，"伦敦的医生我几乎都请遍了，家人这个病那个疼的。这些人一个都靠不住，只会说些莫名其妙的话。拿斯悦辛来说，他们把他治成了什么样子？比以前更胖，变成了一个大块头，根本减不下来。你看他那模样！"

斯悦辛·福尔赛摇摇晃晃地走向他们，高大的身材，上身两件鲜艳的背心格外引人注目，宛如一只花里胡哨的鸽子。"嘿！你们好呀！"打招呼的时候他特意重重地说了"好"字。

三兄弟互相对视，心中都有些不快，因为他们都清楚，彼此总是对不适感轻描淡写，不太放在心上。

"刚才我们还提到，"詹姆士说，"你的体重似乎没什么变化。"斯悦辛听了，眼睛瞪得圆圆的。

"那没用，我需要的是海风。"尼古拉斯说，"我告诉你，一到雅茅斯，我就能睡得好。"

"我肝脏有问题，很痛。"斯悦辛插话，一边摸着右肋下方，"这里经常痛得厉害。"

"可能是缺乏运动吧，"詹姆士一边盯着手中的杯子，"我这里有时也会痛。"

斯悦辛脸色一沉，愤怒地看着詹姆士，脸涨得通红，就像一只被激怒的火鸡。

"运动！"他反驳道，"我运动得不少。在俱乐部，我总是爬楼梯，从不坐电梯。"

"这我可不知道，"詹姆士连忙说，"家里的事我不太清楚，他们也不怎么告诉我。"

斯悦辛瞪了他一眼，接着问："那你疼痛怎么解决的？"詹姆士脸上露出一丝得意的微笑。

"我呢，"他开始解释，"吃了点儿药粉——"

"爷爷，你好吗？"琼突然出现在他身边，小个子的孙女抬头看着高大的爷爷，伸出手。詹姆士立刻收起了得意的表情。

"你好啊！"他说，眉头微皱。"听说你明天去威尔士看你未婚夫的几位姑母，那里雨多。这杯子不是真的古董，知道吗？"他轻轻敲了敲手中的杯子，"你妈妈结婚时我送的那套才是真的。"

琼依次与三位叔祖父握手，然后走向安姑妈。安姑妈慈祥地看着她，激动地在琼的脸颊上亲了一下。

"好孩子，"她说，"你要去一个月吗？"

琼回答后又走开了，安姑妈目送着她消失在人群中。老人眼眶湿润了，像小鸟般闪烁着泪光，焦急地看着琼在人群中穿梭，客人们陆续告别。安姑妈双手交叉，心中涌起一股力量。

"是啊，"她想，"大家都关心她，很多人都来祝福她。她今天应该是最幸福的那一个才对。"

门口挤着一伙衣着得当的中产人士，来自各行各业的人皆会聚在此，有律师、医师、股票经纪人等。虽说仅有一小部分是福尔赛家族的直系亲属，然而在安姑妈的心目中，他们近乎与自家人无异。这个家族于她而言便是整个天地，她甚至从未想过世上还存在其他的家庭。她知晓家人们的所有事，包括他们的烦忧、病痛、订婚、婚礼，以及他们的生活模式和经济状况——这一切于她而言皆是弥足珍贵的。倘若有一日她离开了这个人世，她最为不舍的便是这个家族。这个家族造就了她的伟大，令她倍感自豪。倘若没了这个家族，她觉得自己难以存活。她紧握这份归属感，对它的依恋越发深厚。这个家族将永远存在于她的内心，守护着她。

安姑妈蓦地忆起了小乔里恩，老乔里恩那个与外国女子私奔的儿子。这对于老乔里恩和全家来讲皆是一个沉重的打击。一个前程似锦的年轻人竟然做出这般事情！虽说并未闹得沸沸扬扬，报纸上也未有相关报道，小乔里恩的妻子亦未提出离婚，也算是一种幸运吧！这件事已然过去多年，听说直到琼的母亲六年前离世，小乔里恩才与那位女士成婚且育有两个孩子。即便如此，小乔里恩已然主动舍弃了福尔赛家族的身份，故而无缘参与今日的聚会。这令安姑妈深感遗憾，她往昔为他的前程深感自豪，现今连见见他、给他一个拥抱与亲吻的机会都没有了！念及此处，她那坚毅而衰老的心开始痛苦地战栗，宛若旧伤又开始发作，泪水不禁在眼角打转。她悄然用一块手帕揩去眼泪。

"安姑妈？"背后传来一道声音。

来人是索米斯·福尔赛。索米斯身材清瘦，肩头微微低垂，面颊略显凹陷，然而整体给人的感觉却是圆润而深沉的。他正低垂着头凝视着安姑妈，眼神中流露出一种审视的意味。

"您对他们的订婚有何看法？"他询问道。

安姑妈的眼中满是骄傲，自小乔里恩离家以后，索米斯便成了她侄子当中最为年长的一个，现今他已成了她的心头最爱。她坚信索米斯能够承袭福尔赛家族的传统精神，并将这一传统延续下去。

"这对于年轻人来说是个好消息，"她说，"他年轻而英俊；但他是否适合做琼的伴侣，尚需观察。"

索米斯轻轻触碰了一下旁边的金漆烛台。

"她能够应付得了他，"他说道，悄悄舔舐一下手指，轻轻揩去烛台上的灰尘，"这可是货真价实的古董，如今在市面上已然相当罕见了。倘若放置在拍卖会上，定然能够卖得一个好价钱。"

索米斯饶有兴致地述说着，似乎觉得这些细节能够取悦他的老姑妈。这些私密的话题，他鲜少与他人谈论。"我也挺想拥有一些古董漆器的，"他补充着说道，"毕竟人们总是对这些东西颇为喜爱。""你总是有着极好的眼光，"安姑妈夸赞道，"那伊琳近来如何呢？"索米斯的笑容忽地消失了。"她还行吧，"他回应道，"老是抱怨睡眠不佳，但其实她比我睡得还要香。"他朝着妻子的方向望去，发现伊琳正和波辛尼在门口交谈着。安姑妈轻轻地叹了口气。"或许，"她说，"伊琳还是少与琼往来为好。那小姑娘，性子实在太直了。"

索米斯的面颊微微泛起红晕，而后他专注地凝视着烛台。他的父亲插话道："听闻乔里恩又添购了一处房产，而我却全然不知情。"

"位置甚是不错，就在蒙彼利埃广场附近，距索米斯家也不算远；他们从来都不告知我任何事情——伊琳也是，啥都不说！"斯悦辛的声音响起，"距我家步行不到两分钟，乘马车去俱乐部也就八分钟的路程。"对于福尔赛家族来说，住所的位置很重要。房地产是他们财富的根源。他们的父亲原本是个农夫，约莫在19世纪初从多塞特郡迁至伦敦。

他们在私下里将他称作"多塞特·福尔赛大老板"，他曾经是个石匠，后来做了建筑工头。老乔里恩偶尔提及他，评价道："他是个粗鲁之人，毫无文雅可言。"他的后辈觉得他们的父亲并不出众。他们唯一能从他身上看到的贵族气质便是常饮马德拉酒。

海丝特姑妈如此描述他："在我的印象中，他没做过什么惊天动地的事情，起码在我出生之后没有。他就是个——嗯，搞房地产的人，亲爱的。头发颜色和斯悦辛叔叔相似；体形倒是颇为壮实的，个子高吗？不算高（他身高五英尺五英寸，脸上有些雀斑）；气色倒是不错。我记得他常喝马德拉酒；具体的你可以问问安姑妈。他的父亲呢？他的父亲——嗯，他负责管理多塞特郡那边的农田，就在海边。"

詹姆士亲自前往，想要看看福尔赛家族的起源之地。他看到了两片陈旧的农田，一条深深嵌入红土地中的土路，沿着这条路能够走到海边的一座磨坊；还有一座由石墙围起的小教堂，以及一座更小、颜色更深的祈祷室。驱动磨坊的水流分散成若干细流，流经之处常见猪群在饮水觅食。在薄雾之中，所有的景象都若隐若现，让人能想象到福尔赛家族的先祖曾在这片土地上来来往往，每个周末会悠然地步入山谷，数百年来从未改变。

詹姆士到底是为了继承财产，还是只是想在那片土地上找点儿值钱的东西，我们不得而知。但最终，他失望地回到了城市，尽量隐藏自己的挫折感。"没什么特别的，"他淡淡地说道，"那只是个老旧的乡下地方，就像一座山一样。"但奇怪的是，如今许多人反而喜欢古老的东西，把它当成一种难得的安慰。

老乔里恩每次谈起家族历史，都会说："只是种地的农民，没什么了不起的。"但他总是重复着"种地的农民"这几个词，好像这样能让他感到舒服些。

福尔赛家的孩子们个个混得都不错，说起来都是有头有脸的人物。他们手头上持有着各种各样的股票，不过除了提摩西，谁也不愿意去买国债，都觉得那点儿利息少得可怜，没啥意思。家里还收藏了不少名画，并且愿意捐助一些慈善机构，因为这些机构对他们的患病雇员有所帮助。福尔赛家盖房子的手艺从老一辈传下来，所以他们在经营房地产上挺有两下子。早先，家里可能是信别的什么老派宗教，但随着时间变迁，现在一个个都是英国国教会的忠实信徒了。为了让妻子、孩子更时髦些，他们时不时还会去伦敦那些上流的教堂做礼拜。要是有人质疑他们不是真心信基督，保准能换来他们一肚子的不高兴。有的家庭成员还在教堂订了位子，这么做在他们看来最实在，算是对教义的一种实际尊重吧。

他们的房子围绕着海德公园，彼此保持着不远不近的距离，就像是公园四周站岗的卫兵。海德公园，既是伦敦的一颗明珠，也是他们心灵的慰藉之地。要是不好好守着，这宝贝地方如果没了，到时连自己都瞧不起自己。

福尔赛家族的成员散布在伦敦的各个角落，各自安家立业。老乔里恩在斯坦厄普广场扎根，詹姆士则选中了公园巷作为他的居住地；斯悦辛独享着海德公园大厦那些绚丽的公寓，将单身的生活方式坚持到底。索米斯的小家紧邻骑士桥；罗杰携家带口住在王子园，他在家族中以推动进步著称，坚持让四个儿子接受新兴行业的培训，并付诸实践，常说："投资房地产，无出其右！这是我擅长的！"

海曼一家，海曼太太作为家族中结了婚的姊妹，住在高耸入云的坎普顿山宅邸，令人仰视；尼古拉斯的家在拉德布罗克路，空间宽敞且经济实惠；而提摩西则在湾水路守护着几位姑妈。

这天，詹姆士心里盘算着，向哥哥老乔里恩打听蒙彼利埃广场那栋房子的售价。他心仪已久，只是卖家的开价让他咋舌。

老乔里恩详尽讲述了交易的过程。

"还有二十二年租期？"詹姆士复述道，"正是我想要的条件——但你的出价过高了！"

老乔里恩皱眉。

"我不是买家，"詹姆士连忙解释，"那个价位不合我的意。索米斯了解那房子，嗯——他会说价高了——他的看法值得听一听。"

"我并不想听他的意见。"老乔里恩回道。"哦，"詹姆士含糊地说，"你总是有自己的主意——这样也挺好。再见了！我们要去英国马球总会转转。听说琼要前往威尔士，明天你这儿会很冷清。你有什么打算？

不如来我家吃晚饭吧！"

老乔里恩谢绝了邀请。他将他们送至大门口，目送他们坐上马车，眯眼微笑，先前的不愉快已随风而去——詹姆士太太端庄地坐在车上，栗色长发，身材修长；她左边是伊琳，詹姆士父子则坐在对面，身体略向前倾，仿佛正憧憬着什么。老乔里恩望着远去的马车，在阳光下轻轻摇晃，随着路面的颠簸渐渐消失在他的视线中。

回家的路上，詹姆士太太首先打破了沉默："真是没见过这么多古怪的人！"

索米斯低眼看了她一下，轻轻点了点头。这时，他感觉到伊琳也在偷偷瞥他，眼神里带着她一贯难以捉摸的表情。通常情况下，福尔赛家的人参加完老乔里恩的下午茶聚会后，都会有类似的感慨。

家族中的老四尼古拉斯和老五罗杰，是最后一批离开的。他们并肩沿着海德公园走向普莱德街地铁站。如同福尔赛家族其他长辈一样，他们都有自己的私人马车，只要可能，绝不会选择乘坐公共马车。

六月中旬，天气晴朗，公园里的树木郁郁葱葱，尽管这两兄弟似乎对外界景色漠不关心，但这自然美景无疑为他们的步行和对话增添了几分惬意。

"没错，"罗杰开口说，"索米斯的妻子真是个美人。听说他们俩相处得不太和谐。"

罗杰额头高耸，皮肤在兄弟中最显红润，浅灰色的眼睛不时扫过街道两边的房子，手里握着的雨伞不自觉地举起来，按他自己的说法，是在估算那些房子的高度。

"她本身没有多少财产。"尼古拉斯接话道。他自己娶了一位非常富有的妻子，并赶上了在妇女财产法律改革之前的好时候，他幸运地享受到了这份财富带来的好处。

"她父亲是谁？"罗杰问。

"一个叫海隆的大学教授，据他们说的。"

罗杰摇头："教授能有多少财产！"

"听说她外祖父是开水泥厂的。"

罗杰的脸上闪过一丝喜色。

"后来破产了。"尼古拉斯补了一句。

"唉！"罗杰感叹，"索米斯跟她在一起怕是要头疼不少；相信我，麻烦少不了的——她有种外国女人的韵味。"

"她确实是个漂亮的女人。"尼古拉斯舔了舔嘴唇，并挥手赶走一个正在清扫的工人。

过了一会儿，罗杰又好奇地问："他是怎么追到她的？她的衣着打扮一定花了不少钱吧！"

"安姐告诉我，"尼古拉斯回答，"他几乎是疯了一样追求她。被拒绝了五次。詹姆士对此非常担忧，我能看出来。"

"唉！"罗杰再次感叹，"詹姆士真是够倒霉的，达尔第那事也让他烦心。"散步让他的心情更加舒畅，他挥动伞柄的频率更高，伞尖几乎每次都超过了他的视线。尼古拉斯的脸上也露出了愉快的表情。

"脸色太苍白，不是我喜欢的类型，"他评价道，"但身材确实一流！"

罗杰没有直接回应。

"我觉得她非常迷人。"他终于说道——在福尔赛家族的谈话中，这已是极高的赞誉了，"那个小波辛尼不可能成功的。伯基特建筑公司的人都说他是搞艺术的，想改变英国的建筑风格；这怎么能赚钱！我真想知道提摩西对这事怎么看。"

在地铁站的入口处，尼古拉斯和罗杰讨论起乘车的选择。

"你一般坐哪个等级的车厢？我通常选二等。"

尼古拉斯说："我可不愿坐二等，万一染上什么奇怪的病怎么办。"于是，他买了一张前往诺丁山门的一等车厢票；而罗杰则选择了二等，目的地是南肯辛顿。不一会儿，列车呼啸进站，兄弟俩各自踏入了自己的车厢。他们都对对方没有打破常规，多陪伴自己一会儿感到有点儿不满。但在心底，罗杰只是默默想："他还是这么固执，尼克！"而尼古拉也在心里嘀咕："他依旧那么独来独往，罗杰！"

福尔赛家族的人很少放纵情感。在这座被他们驾轻就熟并深深融入的大都市里，他们哪里有时间去感性行事呢？生活的节奏太快，理性才是他们行走在这座城市的通行证。

第二章　老乔里恩上歌剧院

第二天下午五点钟，老乔里恩独自坐在书房里，嘴里含着没抽完的雪茄，旁边放着一杯已经凉了的茶。他感到很累，不知不觉就打起了盹儿，雪茄从手指间滑落，掉在空空的壁炉上，静静地烧着。一只苍蝇悠闲地停在他花白的头上，房间里安静得只能听见他沉沉的呼吸声，他的上唇被胡须遮盖着，微微动着。

书房不大，光线也不太亮，彩色玻璃窗挡住了外面的景色，但里面雕刻着精致图案的桃花心木家具被擦得锃亮，沙发和坐垫都是深绿色的丝绒材质。老乔里恩经常得意地说这些家具将来能卖个好价钱，想到死后还能从这些东西上赚一笔，他就觉得挺开心的。

福尔赛家族的房间都有一种特有的深褐色调，书房也不例外。他那颗大脑袋枕在高背椅上，白发散乱，有点儿像伦勃朗画中的人物，可那一小撮翘起来的胡子让这画面少了几分艺术感，多了点儿硬汉的味道。书房里的旧钟嘀嗒嘀嗒响个不停，这钟的年头比老乔里恩结婚的年头还要早，现在似乎正在嫉妒地计算着它的老主人所剩不多的时间。

老乔里恩并不太钟情于这间书房，一年里的绝大部分时候都不会踏入，只是偶尔会进来从屋子角落的日式柜子中取雪茄；现今，这间书房貌似正在对他实施报复。他的太阳穴如同茅草屋顶一般斜斜地覆盖在下面的两个深坑之上，颧骨和下巴在他入眠的时候都显得极为突出；这些表征在他的面庞上构成了一种自白，默默地表明了他的年迈。

老乔里恩醒来时，意识到琼已经走了。詹姆士曾说过，琼走后他会感到寂寞。詹姆士总是这样，没什么情趣。回想那次竞标赢过詹姆士买下那栋房子，老乔里恩心里还有点儿小得意。谁叫他自己不敢出更高的价，满脑子都算计钱。不过，自己是不是出价太高了呢？他得好好规划一下，毕竟给琼办婚礼几乎要花光他手头的钱。他其实不应该答应这桩婚事的。琼是在拜因斯家认识的那个波辛尼，就是拜因斯一毕尔地保建筑公司的那个年轻人。他也认识拜因斯，一个挺啰唆的人，同时也是那小伙子的姑父。自打那次见面后，琼就像着了魔似的追着他。这丫头认定了的事，十头牛也拉不回来，总是喜欢那些看起来需要照顾的"弱者"。这小子没什么钱，但琼非要和他订婚，说他是个有冲劲的年轻人，只是不太懂事，将来可能会吃苦。

有一天，琼像往常一样冒冒失失地跑来告诉他，她要订婚了。为了让他放心，她还加了一句："他人真有意思，有时候一个星期就靠喝可可过日子！"

"那他也打算让你跟着他喝可可过日子吗？"老乔里恩拿下沾着一点儿咖啡渣的雪茄，眼神复杂地看着孙女。虽然他对"有前途"这个词的理解比琼深刻得多，但看到她紧紧抱着他的腿，小脸蛋贴在他身上，像只满足的猫咪一样咕噜咕噜地说着，他就完全没了脾气。对琼，他实在没办法，只能无奈地弹弹雪茄灰，抱怨道："你们这些人啊，想要什么就非得到不可，不然誓不罢休。要是以后受苦，也是自找的，我可不管。"

尽管这么说，老乔里恩最后还是没有干预琼的事，只是和她约法三章，要求波辛尼一年至少要有四百镑的收入，两人才能结婚。

"我实在没法给你太多的钱。"他无奈地对她说，这话她已经听了不知多少遍，"或许那个谁，能给你想要的生活？"

自从那次事件之后，他几乎就没怎么见过琼了。真是糟糕透顶！他绝不会愿意拿出大笔钱，让孙女和一个自己根本不了解的人去过悠闲日子。他以前见过太多这样的情况，结局往往都不好。更让他绝望的是，想改变她的想法似乎毫无可能。她性格倔强，从小就那样，像头小骡子一样。他实在难以预料这事最终会怎样收场。在他眼里，这两个人对于金钱的管理必须有条理。他坚持要亲眼看到波辛尼这小子有了一份可靠的收入，才肯松口答应。琼和这个人肯定是合不来的，这一点毫无疑问；这家伙对金钱的价值毫无概念，花钱如流水，肆无忌惮。至于他们急匆匆跑去威尔士见这个年轻人的姑妈，他确信她们肯定都是一些乏味的老妇人。

他坐着，眼神空洞地望着墙，除了眼睛还睁着，整个人仿佛还在梦里……詹姆士竟然觉得索米斯那小子能给他出什么好主意！索米斯一直就是个自大的家伙！

他猛地站起身，走到柜子前，把新买的雪茄一支支放进烟盒里。这些雪茄以这个价钱来说还算不错，但现在想找到一支真正的好雪茄太难了；没有什么能比得上汉生—布里几尔烟草店那些经典苏宾菲诺雪茄。那才是真正的享受！

这些念头像一阵阵香气，让他回想起在里士满度过的愉快夜晚。

那时，晚饭后，他会和尼古拉·特里夫莱、特拉奎尔、杰克·海林、安东尼·桑渥西这些人坐在皇家酒店的露台上抽烟。那时候的雪茄，多好啊！可怜的老尼古拉，已经去世了；杰克·海林，也不在了；特拉奎尔，被他那位夫人折腾得够呛，最后也不行了；只剩下桑渥西，老得不成样子了（吃得太多，喝得太多，难免会这样）。

在那些日子里的朋友中，他似乎是唯一还活着且有生活质量的；当然，还有斯悦辛，但那个人胖得厉害，和他也没什么共同话题了。

很难相信这些都是多年前的事情了；他觉得自己依然年轻！他站在那里，一边数着雪茄，一边沉浸在回忆里，这感觉既痛苦又难以接受。尽管他已经白发苍苍，孤单一人，但内心仍保持着孩童般的纯真。还有那些在汉普斯特德度过的周六下午，他和小乔里恩一起散步，沿路走到海格特山，再爬上齐耳山，然后回到汉普斯特德，在杰克·史特劳的宫堡饭店吃晚饭；那时候的雪茄，多好啊！还有那么好的天气！现在连好天气都变得稀罕了。

还有琼五岁学走路的样子，她总是和她的母亲、祖母——那两个善良的女性在一起，但每隔一周的周日，就是他带她去动物园的日子；他们站在熊笼上方，用他的伞尖戳着点心喂她最喜欢的熊；那时候的雪茄，多好啊！

雪茄！这么多年过去了，他对雪茄的鉴赏能力一点儿也没退化；在五十年代，他的品茶能力可是出了名的，人人都佩服他；人们提起他时，总会说："福尔赛嘛——伦敦最顶尖的茶专家！"可以说，他就是靠这种品茶的本事发的家——当时的两大茶叶商人，福尔赛和特里夫莱，都是靠这门手艺发了大财；他们的茶叶与众不同，香味独特，如果不是真材实料，绝对不可能有那样的味道。那时在伦敦，提到福尔赛—特里夫莱茶叶公司，人们就会想到雄心壮志和神秘色彩，想到专门的船只、专属的港口，以及与东方人的特殊贸易，这一切都显得那么专业而神秘。

他确实非常努力！在那个年代，每个人都异常勤奋！这个词，现在的年轻人可能已经不太理解了。他总是仔细研究每一件事，掌握每一个细节，有时候为了完成一项工作，甚至可以整晚不睡觉。他亲自挑选代理商，对此他始终引以为豪。他常夸耀自己识人有术，这也是他成功的关键。即使现在——那家茶叶公司已经变成了股份制，生意也大不如前（他早已卖掉了股份）——每当回想起那段时光，他仍然感慨万千，后悔没有做得更好。他本可以成就更多！如果他当了律师，一定能大展宏图！他甚至考虑过竞选议员。尼古拉·特里夫莱经常对他说："老乔，如果你不是太谨慎，你什么都能做成！"老尼古拉真是让人怀念！那么好的一个人，却也是个不拘小节的家伙。那个名声不佳的特里夫莱！他自己从不小心谨慎。所以他现在已经不在人世了。老乔里恩稳当地数完雪茄，心里突然闪过一个念头：自己是不是过于谨慎了？

他把雪茄盒放进外套的内袋，系好衣服，沿着长长的楼梯走向自己的卧室，驼着背，一步一步地慢慢往上走，还抓着栏杆借力。这房子实在是太大了。等到琼结婚——如果她真的像他所想的那样，总有一天会结婚——他就把房子租出去，自己租个小公寓住。养着这么多游手好闲的仆人有什么用？

听到铃声后管家进来了——这个管家身材魁梧，留着一小撮胡子，走路轻手轻脚，有一种保持沉默的独特才能。老乔里恩让他把晚礼服拿出来；他要去俱乐部吃晚餐。

"送琼小姐去车站的马车回来多久了？两点就回来了吗？那六点半让马夫准备。"

七点钟，老乔里恩准时到了俱乐部；这是一个中上层的政治团体，现在看起来有些过时了。尽管很多人议论它，也许正因为有人议论，它反而展现出一种令人沮丧的活力。每个人都说"散漫俱乐部"快撑不下去了，说得让人厌烦。老乔里恩嘴上也这么说，心里却并不在意，这种态度确实让一些身体健康、心态积极的会员感到生气。

"你咋还不撤呢？"斯悦辛常抱怨着问他，"咋不去加入那些热闹的俱乐部？我们这儿的海德席克酒，一瓶才二十先令，伦敦哪儿找去？"他压低了嗓门又补了一句："存货也就五千瓶左右了。我每晚都喝，一次不落呢。"

"我琢磨琢磨。"老乔里恩总是这么回答；可每当真盘算起来，那五十基尼①的入会费和至少四五年的等待期总让他犹豫不决。因此，他一直就这么"琢磨"着。

按他的年纪，作为自由党的成员已经算是超龄了，而且他对俱乐部那些政治主张也不再坚信，甚至公开批评它们是"过时货"；但即便如此，他还是保留着那份会员身份，这让他心里挺舒坦。他其实一直

———————————

① 英国货币，后退出流通货币行列。

不太看得起这个俱乐部；多年前，因为他的商人身份被"什锦俱乐部"拒之门外，一气之下才加入了这里。想起来就气人，他哪点比不上那些人了！于是，他对这个接纳了自己的"散漫俱乐部"从一开始就带一点儿轻蔑。这里的会员大多平平无奇，很多是市区里的证券经纪人、律师、拍卖师之类的，老乔里恩像许多内心坚韧但自视甚高的人一样，瞧不起自己所在的阶层。在社交和非社交场合，他都遵守着他们的规矩，但私下里却认为他们是"一群凡夫俗子"。

随着年岁增长，对世事有了更多理解，当年被"什锦俱乐部"拒绝的挫败感在他记忆中渐渐淡去；如今，"什锦俱乐部"几乎成了他心目中理想的俱乐部代表。这些年，他本该成为那里的会员，只是因为介绍人杰克·海林办事不力，俱乐部那边甚至都不清楚为什么没通过他的申请。他们不是很快接受了他儿子小乔里恩的申请吗？说不定那孩子现在还是会员呢；八年前他收到的小乔里恩来信就是从那里寄出的。

他好几个月没来"散漫俱乐部"了，这里的装修色彩斑斓，像是急于出售的旧屋或旧船涂上的新漆，试图吸引人注意。

"这吸烟室的颜色真土，"他心想，"餐厅倒还行。"餐厅是深巧克力色配以浅绿色，很合他的口味。

他点了餐，这顿饭在二十五年前暑假期间，他曾带着小乔里恩来这里吃，那时他们刚看完特鲁里街剧院的戏；今天，他坐在小乔里恩当年的位置对面——或许是同一张桌子，尽管这个俱乐部在政治上标榜进步，但其他方面却停滞不前。

小乔里恩以前特别喜欢看戏，老乔里恩记得他总是装作无所谓的样子坐在对面，但其实心里乐开了花。

今天老乔里恩点的菜也是小乔里恩以前爱点的——汤、炸鱼条、烩肉片和水果派。哎！要是他现在能坐在对面该多好啊！

父子俩已经有十四年没见了。在这漫长的十四年里，老乔里恩偶尔会反思，自己在处理儿子的问题上是否有失妥当。小乔里恩最初迷恋上了魅力四射的丹娜伊·桑渥西，也就是安东尼·桑渥西的女儿，后来她嫁给了毕罗，成为丹娜伊·毕罗。这段无疾而终的爱情让小乔里恩一头栽进了琼母亲的怀里。或许他当初应该阻止他们草率结婚，毕竟他们都太年轻了。这段失败的恋情让老乔里恩意识到小乔里恩的感情过于冲动，而他的内心深处其实是希望小乔里恩能够安定下来的。不到四年，情况就失控了！他无法认同儿子的荒唐行为；他一向以理智和教养作为行事准则，无论从理智还是教养的角度，他都无法赞同儿子的做法，这让他内心十分痛苦。现实竟是如此冷酷无情，不顾一切地碾压过人的感情。那时，红发的小小的琼已经开始爬到他身上，缠着他，也紧紧抓住了他的心；他的心原本就是为这些需要庇护和关爱的小生命准备的。正如他总是清晰地看待事物一样，他明白，在琼和儿子之间，他必须做出选择；这是不可避免的，没有折中的余地。最令人痛心的就是这一点。最终，那个需要保护的小生命占据了上风。他无法同时拥有孙女和儿子，结果只能与儿子分道扬镳。这一别，直到今天都没有再次相见。

他曾提出每年给小乔里恩一笔津贴，但小乔里恩拒绝了。这比任何事都更让他心痛，因为这剥夺了他表达哪怕一点点隐藏的父爱的机会。在财产的给予或拒绝给予中，没有比这更能显露父子情感的断裂了。

晚餐吃得索然无味。那瓶香槟不仅酸，而且格外苦，远不及他记忆中的维乌克里酒。喝着咖啡，他陷入沉思，突然想起去看歌剧，《泰晤士报》上列出了今晚的剧目——《菲岱里奥》。谢天谢地，不是那些冗长的瓦格纳歌剧。

他戴上那顶过时的大礼帽，帽檐已经磨损得垂了下来，帽子很大，就像是旧时代辉煌的象征；他从大衣口袋里掏出一副淡紫色的羊皮手套，因为经常和雪茄盒放在一起，手套上带着浓浓的俄国皮革味。穿戴完毕，他登上了一辆街车。

马车在街上喧嚣前行，老乔里恩没想到此时的街道如此热闹。

"旅馆的生意一定非常好。"他心想。几年前，这些大型旅馆还不存在。想到自己在这一带也有几处房产，他感到很满意。这些房产的价值肯定翻了好几倍！交通真是拥堵啊！但这也将他带入了一种奇异的超然沉思状态，这种状态在福尔赛家族中是罕见的；而这也是他比家族其他成员更为卓越的一个潜在原因。人类多么渺小，而且无穷无尽；他们将走向何方？

下车时他差点儿摔倒，付清车资后走向售票处买票；他站在那里，手里拿着钱包；现在年轻人都不用钱包，而是随意地把钱放在口袋里，但老乔里恩不以为意，始终坚持用钱包装钱。售票员探出身子，就像一条老狗从狗窝里探出头来。

"哎呀，"那人惊讶地说，"乔里恩·福尔赛先生！真的是您啊！很久没见了，先生。这个世界变化真大。是的！您和您的兄弟，还有拍卖行的特拉奎尔先生，还有尼古拉·特里夫莱先生——你们过去每个季度都会预订六七个座位。您最近好吗？我们都老了啊！"

老乔里恩的眼神流露出一丝寂寞；他付了一基尼的票款。这些人居然还记得他。在幕前音乐的伴随下，他大步走进剧院，就像一匹年迈但仍精神抖擞的战马。

他折好大礼帽坐下，按习惯摘下淡紫色手套，戴上眼镜扫视四周；随后把眼镜丢在折好的帽子上，眼睛直直地盯着舞台。这一扫视，他越发感到自己的无足轻重。那些曾经在剧院里频繁出现的美丽女士都去了哪里？他曾经期待见到伟大歌手的那种心情哪里去了？那种沉浸于生活乐趣和他努力去享受的兴致哪里去了？

他，曾经最狂热的歌剧迷！如今，歌剧已经衰落！那个叫瓦格纳的人毁了这一切；没有旋律，没有嗓子能唱得出那些音符！唉！那些绝世的歌唱家！都消失不见了！他看着一幕幕熟悉的戏剧重演，心中却波澜不惊。

从他银发覆盖的双耳到穿着松紧鞋帮漆皮靴的脚，老乔里恩身上看不出任何衰老的痕迹。他和过去每晚来看戏时一样健壮，或者说几乎一样；他的视力也很好——几乎一样好。但他的心态却如此疲惫，如此空洞！

他一生都在享受，即使是不完美，过去有很多不完美，他也能欣赏；他懂得适度地享受一切，以保持生活的活力。然而现在，他的欣赏力，他的人生哲学，都不再起作用了，只剩下这种可怕的结束感。即便是剧中囚犯的合唱和弗洛里安的歌声也无法消除这种孤独。

要是小乔里恩能陪在他身边该多好啊！这孩子现在应该有四十岁了。在他唯一的儿子的生命中，竟然有十四年被他错过了。小乔里恩不再是社会鄙视的人。他结婚了。老乔里恩对此表示赞同，于是忍不住给儿子寄去了一张五百镑的支票，以此表达自己的立场。支票被退回了，用的是"什锦俱乐部"的信封和信纸，还附着这样一段话：

最亲爱的父亲：

　　感谢您的慷慨赠予，这说明您对我的看法还不是太差。我把它寄回给您，不过如果您觉得合适，可以将这笔钱存入我儿子的名下（我们叫他乔里），他和我同名，也算是同姓。我衷心祝您身体健康。

爱子小乔敬上

这封信就像这个孩子的为人一样，总是那么温和。老乔里恩回复了一封信：

亲爱的儿子：

　　五百镑已存入你儿子的名下，账户名为乔里恩·福尔赛，年息五厘。我希望你的生活一切都好。我现在身体还挺硬朗。

父字

每一年的元旦，老乔里恩都会在这笔存款上加上一百镑和累积的年度利息。这笔钱款逐年增长，到下一个元旦就会超过一千五百镑！他对这一行为每年能带给他多少满足感难以言喻，而父子之间的书信往来也仅此一次。

尽管他深爱着自己的儿子，但他的内心总有一丝不安；他有一种本能，让他不是从原则出发，而是从结果来判断行为的对错；这种直觉一半来自天性，另一半则是多年处理事务、观察世界的积累，这也反映了他的社会阶层中许多人的共性。即便如此，他仍然认为，在那样的情况下，他的儿子应当遭遇挫败。在所有他读过的书籍、看过的戏剧中，似乎都有这样的规则。

但是自从支票被退还之后，事情好像有些不对劲了。为什么他的儿子没有失败呢？当然，他又怎能确定呢？

确实，老乔里恩也听说了——实际上是特意打听的——小乔里恩住在圣约翰林区，威斯达里亚大街有一栋小房子，还有一个小花园；他和妻子参加社交活动——当然是和一些古怪的人；他们有了两个孩子——小乔里（这个名字在老乔里恩听来带着一点儿讽刺意味，他既害怕又不喜欢这种讽刺），还有一个女儿郝丽，是婚后的产物。因此，他儿子的生活究竟如何，无人能确切知道！小乔里恩用外祖父留给他的遗产进行了投资，并加入了劳埃德保险公司成为一名保险代理人；他还画画——水彩画。老乔里恩知道这一点，因为他曾在一家画廊的橱窗里看到一幅泰晤士河的风景画，下面有他儿子的签名。从那以后，他偶尔会悄悄买一些回来。他认为这些画并不特别出色，而且因为有签名，所以他并没有挂起来，而是全部锁在抽屉里。

坐在歌剧院里，他突然强烈地想见见自己的儿子。他记得儿子小时候穿着棕色亚麻衣服，喜欢在他两腿间玩耍；他还记得有一次骑马追赶儿子的小马，教他骑术；记得第一天送他去上学的情景。那时这孩子真是个可爱的小家伙！虽然在伊顿公学读书后，他在言行举止上可能变得过于文雅，但老乔里恩知道这是件好事，而且只有在这样的学校里花大价钱才能学到；但这孩子一直与他很亲近。即使在剑桥读书后，他们依然很亲近——或许有些忧郁，但老乔里恩知道这是剑桥教育的一个特点。他对我们的公立学校和大学抱有不变的好感；这样的教育体系近乎国家最高水平，他自己年轻时没有机会体验，所以他一方面尊崇，另一方面又带有疑虑，这种情感十分复杂……如今，琼已经离开，或者说实质上已经离他而去，如果能与儿子重新相聚，对他来说将是多么大的慰藉。老乔里恩一边怀揣着背叛自己、自己的生活方式、自己阶级的想法，一边凝视着舞台上的歌手，心情糟糕到了极点——糟糕透了！而且扮演弗洛里安的演员也糟糕透了！

演出结束，人群散去，老乔里恩注意到现代观众似乎易于满足。在拥挤的街道上，他登上了一辆早已被一名年轻得多的高大绅士预订的马车。本该径直回家经过蓓尔美尔街，但车夫却意外转向上圣詹姆士街。老乔里恩正要探出身子纠正路线（他无法容忍迷路），车子一转弯，他发现自己正对着"什锦俱乐部"，内心的急迫感瞬间涌上心头，于是吩咐车夫停车。

他步入俱乐部，发现这里和过去与杰克·海林常来用餐时别无二致，这里的厨师依然是伦敦最好的。他以一种自信且大方的姿态环顾四周，这种气场经常为他赢得额外的尊重。

"乔里恩·福尔赛先生还是这里的会员吗？"他问道。

"是的，先生，他现在在里面，您是哪位？"门童的回答让老乔里恩有些措手不及。

"我是他父亲。"他回答。说完，他回到壁炉边找了个位置站立。小乔里恩正要离开俱乐部，已经戴好帽子准备穿过大厅，突然与门童相遇。岁月已在他的头发上留下了少许银丝，面容与父亲极为相似，只是略微消瘦，同样的长须下垂，显得异常疲惫。重逢的那一刻，他的脸色变了。多年后的父子重逢，充满了尴尬，这可能是世间最难以承受的场面之一。他们握手，没有言语，最终是父亲用颤抖的声音打破了沉默："你还好吗，孩子？"

儿子回答："你还好吗，爸爸？"

老乔里恩戴着手套的手微微颤抖。

"如果你顺路的话，我可以载你一程。"他说。

于是，他们像过去每天晚上一起回家那样，上了马车。

在老乔里恩看来，儿子已完全成长为一个成年人。"一个十足的成年人了。"他心里想。除了天生的和善，儿子脸上还多了一丝几乎是玩世不恭的表情，仿佛生活中需要这样的外壳保护。他的眉眼无疑是福尔赛家族的特征，却带着学者或哲学家的沉思神色。显然，在过去的十四年里，他经历了许多自我反思！

对于小乔里恩而言，初见父亲时确实让他吃了一惊——父亲显得非常苍老。但在马车里，父亲似乎几乎没有变化，依然是他记忆中那副平静、笔挺的模样，眼神依旧锐利。

"爸爸，你看起来气色很好。"

"还可以。"老乔里恩回答。

他内心焦虑，急于了解儿子的经济状况。"小乔，"他说，"我想知道你的生活情况。我猜你可能负债了？"

他试图以这种方式提问，希望儿子能更坦诚些。

小乔里恩用讽刺的语气答道："不，我没有负债！"

老乔里恩察觉到儿子的愤怒，便轻轻拍了拍他的手。这是一个冒险的动作，但很有效，小乔里恩从不与他怄气。马车驶向斯坦厄普广场，一路上两人再无言语。到达后，老乔里恩邀请儿子进屋，但小乔里恩摇了摇头。

"琼今天不在家，"父亲连忙解释，"她去拜访亲戚了。你应该知道她订婚了吧？"

"订婚了？"小乔里恩咕哝道。老乔里恩下车，付车费时，一生中第一次误将一镑当作一先令给了车夫。

车夫迅速将钱塞入口袋，在马肚子下偷偷抽了一鞭，飞快地驶离了。

老乔里恩轻轻地转动钥匙，打开了家门，然后朝儿子点点头。小乔里恩看着父亲一脸庄重地挂起大衣，他的表情就像一个孩子计划偷摘邻居家的樱桃。

餐厅的门半掩着，煤气灯调得很暗，桌上茶盘中一只酒精灯发出微弱的嘶嘶声，旁边一只猫正悠闲地打着盹儿。老乔里恩立刻把猫赶走了，这个小小的举动似乎缓解了他的紧张情绪，他拍了拍帽子，驱赶着猫咪。"它身上有跳蚤。"他边说边让猫退出了餐厅。他站在通往底层的走廊门口，对着空气嘘了几声，仿佛在帮助猫咪逃脱，这时管家恰好从楼梯下出现。

"你可以去休息了，巴费特，"老乔里恩说，"关门和熄灯我会处理的。"

当他再次走进餐厅时，那只猫已经先他一步溜了进来，尾巴高高竖起，好像在宣告它从一开始就看穿了他对管家的小计谋。老乔里恩的家庭策略似乎总是这样不凑巧。

小乔里恩忍不住笑出了声。他本来就擅长讽刺，今晚无论是这只猫的插曲，还是关于他女儿订婚的消息，都充满了讽刺意味。他意识到，不论是在女儿的事情上，还是在猫的问题上，他都同样地被排除在外！这种循环让他感到既有趣又讽刺。

"琼现在长什么样子了？"他问。

"娇小。"老乔里恩说，"有人说是像我，但那是胡扯。她其实更像你母亲——一样的眼睛和头发。"

"哦！那她漂亮吗？"老乔里恩是典型的福尔赛家族成员，从不轻易赞美，尤其是对他深爱的人。

"不算丑——典型的福尔赛下巴。等她结婚了，这里会变得很冷清，小乔。"他的表情又一次让小乔里恩感到惊讶，就像他们初次重逢时一样。

"那你有什么打算，爸爸？我看她的心全在她的未婚夫那里了。"

"我有什么打算？"老乔里恩重复着，声音里带有一丝恼火，"独自住在这里实在难以忍受。我真的不知道该怎么办。我真的想……"他停顿了一下，继续说，"问题是，这房子怎么办？"

小乔里恩环视四周。这座房子既大又单调，挂着许多他从小就记得的大幅静物画——许多熟睡的狗，鼻子贴在一堆胡萝卜上，还有那些不和谐的洋葱和葡萄。这房子是个负担，但他很难想象父亲能适应更小的地方。这让事情又增加了一层讽刺。

老乔里恩坐在那张带有放书板的大椅子上，作为家族、阶级和信仰的代表人物，他满头白发，额头宽广；在节俭生活、遵循传统、热爱管理财产方面，他都是一个典范；然而，他却成了伦敦最孤独的老人。他就这样，既舒适又忧郁地坐在这个房间里，却也是那些强大而不顾及家族、阶级或信念的力量的玩偶，这些力量像机器一样运作，通过无情的过程，推向未知的结局。小乔里恩感受到了这一切，因为他也有超越现实的洞察力。可怜的老爸！这就是他节俭一生的结局！一个人孤独终老，渴望有人陪伴聊天！

老乔里恩的目光也落在了儿子身上。他心中积压了许多话，多年来一直难以启齿。从前，他无法与琼深入探讨那些事情，比如他对索霍区房产升值的坚信，或是对新煤业公司那个沉默寡言的矿长毕平的担忧——他作为该公司的董事长，这种沉默让他感到不安；还有如何通过馈赠来减少遗产税的策略。但现在，手边有了一杯热茶，他的精神振奋起来，搅拌着茶水，话匣子也随之打开。一个全新的生活愿景在他的言语间铺展，这片对话的避风港让他得以抵御忧虑与挫败感的侵袭；他构想着种种策略，保护着那份他视为永恒的财富，用个人智慧编织的安慰来抚慰灵魂。

小乔里恩耐心倾听，这是他的一大优点。他的目光紧随着父亲的表情，适时提问。老乔里恩还没说完，午夜的钟声已经敲响，现实的考量再次回到他的意识中。他掏出怀表看了一眼，脸上现出惊讶的神色。

"我该去睡了，小乔。"他说。小乔里恩起身，温柔地扶父亲站起来。那苍老的面容显得更加疲惫，眼神躲闪，不愿与他对视。

"晚安，孩子，你随意就好。"短暂的沉默后，小乔里恩转身走向门口。这十四年来，自从他初次认识到生活的复杂性，他从未料到它竟可以如此错综复杂。

第三章　斯悦辛家的晚宴

斯悦辛家的餐厅以橙黄与淡青装饰，正对海德公园，圆桌上摆放了可供十二人用餐的精致餐具。

客厅中央挂着一盏雕刻精美的玻璃枝形吊灯，内嵌蜡烛，宛如倒挂的石钟乳，照亮了整个房间。金色边框的镜子、茶几上的大理石桌面以及厚重的织花椅垫在灯光下闪耀着光芒。斯悦辛一家对艺术有着深厚的热爱，这份热爱体现在了家居的每一个细节。斯悦辛偏好繁复而非简朴，他对豪华的追求使他在社交圈中被誉为鉴赏大家，尽管有时会被人认为略显过分。任何踏入他家门的人都能立即感受到主人的富有，而斯悦辛对此也非常自得；在他的一生中，可能没有比现在更令他心满意足的时候了。

他原本从事房产管理工作，主要是房产拍卖，这份职业他向来鄙视。退休后，他全身心投入这些象征贵族品位的爱好中，这对他而言是自然而然的事情。

他的晚年生活奢侈至极，仿佛一只飞入蜜罐的蜜蜂，他的头脑整天围绕着这些念头，处于自我满足和自我卓越感的微妙平衡之间：一方面，他为自己建起的家业感到自豪，这种感觉持久且坚定；另一方面，他认为自己这样杰出的人物不应被工作所累。

此时，他身穿一件镶有金色白玛瑙纽扣的白色马甲，站在餐具柜旁，注视着男仆将三瓶香槟酒的瓶颈迅速浸入冰桶中。硬领的尖角让他每次动弹都有些不适，但他坚持不换；领口之下，下巴的肉松弛地垂着。他的目光随着一瓶瓶酒划过，内心进行着对话，接下来的想法仿佛是他对自己的独白：老乔里恩或许会喝一点儿，最多两杯，他很注重健康。詹姆士近来已经几乎不碰酒了。尼古拉斯和范妮则肯定只喝水！索米斯不行；这些年轻侄子——尽管索米斯已经三十八岁了——还不懂得品酒！但波辛尼呢？这个外人不太符合他的哲学体系，因此提到这个名字时，斯悦辛有些迟疑。他变得不安！真不好说！琼毕竟是个女孩，而且正在恋爱中！爱米丽——詹姆士的妻子，喜欢一杯好香槟。可怜的老裘丽会觉得这酒太淡，她不懂酒。至于海蒂·切斯曼，想到这位老友，就引起他一系列思绪，让他的眼神变得有些迷离：她肯定会喝掉半瓶！

最后一位客人让斯悦辛的脸上露出猫捉老鼠前的微妙表情。索米斯太太！她也许不会多喝，但她会欣赏这酒；为她奉上佳酿也是一种乐趣！一个美人——而且对他有意思！

每每想到她，就像喝上一口香槟那样叫人心情飞扬。能够邀请她一起品尝美酒更是一件乐事。这位年轻的女士不仅长得好看，还特别会打扮，一举一动都透着迷人的魅力，格外引人注目。跟她在一起，真是享受。他感觉到衣领有点儿勒，轻轻扭了扭脖子，这是今晚第一次这样。

"阿道尔夫！"他喊道，"再去拿一瓶酒来吧。"

他可能自己也会多喝几杯，这都得益于布列特大夫的药方，让他自我感觉身体棒极了。他一向注意保养，从来不在中午吃饭。他嘟起嘴唇，下了最后的命令："阿道尔夫，上火腿时只能加一点点糖浆哦。"

然后，他走到外面，挑了把椅子，坐到边上，两腿叉开，他那庞大笨重的身体立刻定住了，一脸期待，既古怪又带点儿孩子气。只要听到有人通报，他立刻就会站起来。他已经好几个月没请人来家里吃过饭了。这次是为了庆祝琼订婚而设的宴席，开始时觉得挺麻烦的（在福尔赛家，订婚宴可是大事），但请柬发出去，菜也订好了，他又恢复了那份豪爽。

他就这么坐着，手里拿着一块又厚又亮的金表，圆滚滚的，心里空荡荡的。这时，一个高个子、蓄着胡子的男人进来了，以前是斯悦辛家的仆人，现在自己开了个果蔬店，他大声说："切斯曼太太、席普第末斯·史木尔太太来啦！"

两位太太走了进来。前面那位穿着红裙子，脸颊上也有两片红晕，眼神既严厉又敏锐。她走向斯悦辛，伸出一只戴了淡黄色长手套的手说："哎呀，斯悦辛，好久不见了。你好吗？哎哟，我亲爱的老朋友，你好像变胖了呢！"

斯悦辛狠狠地瞪了她一眼，这一眼就把他的不高兴全暴露了。他心里有点儿恼火。变胖是件俗气的事，说别人变胖也是俗气的；他不过是胸膛宽了点儿罢了。他转头看向自己的妹妹，握住她的手，用近乎命令的语气说："怎么样，裘丽？"

席普第末斯·史木尔太太是四姐妹里最高的一个，圆圆的脸显得有点儿沧桑，脸上堆满了肉，就像是长期戴着个铁丝面具，突然摘下来，肉就松垮垮的了。连眼睛都像是要鼓出来似的。她就是以这样的方式怀念她过世的丈夫席普第末斯·史木尔的。

史木尔太太出了名的爱说错话，但跟家人一样固执，说错了也不纠正，继续错下去，一个接一个。自从丈夫去世后，她的这份固执和务实就慢慢退化了。她话很多，只要有机会，就能滔滔不绝地说上几个小时，平淡得像念史诗一样，反复诉说着生活对她的种种不公，她没有意识到，听她说话的人其实更同情生活，因为她是那么善良！这个可怜的人，曾经长时间守在她病弱的丈夫床边，形成了这样的习惯；丈夫去世后，她也常陪病人、孩子和无助的人，所以她总觉得这个世界太忘恩负义，难以忍受。那个风趣的牧师汤姆·斯考尔对她影响很大，每个星期天她都会去教堂听他布道，一年四季从不缺席；但当别人问起，她甚至把这个也当作不幸，大家都信了。

在福尔赛家族里，她成了一个话题，谁要是特别让人头疼，大家就会说他是"真正的裘丽"。像她这样心态的人，如果不是姓福尔赛，四十岁左右可能就过世了；但她活到了七十二岁，而且看起来精神头十足。给人的感觉是，她有种自得其乐的本事，还没完全施展出来。她养了三只金丝雀，一只名叫汤米的猫，还有半只鹦鹉——因为是和她妹妹海丝特合养的；这些小动物（提摩西特别怕它们，所以她总是小心翼翼地不让提摩西看到）不像人们通常会觉得她倒霉而避开她，反而和她相处得很好。

今晚，她选了一条黑条纹的粗呢裙，领口是淡淡的青莲色，胸前形成一个小三角，脖子下还系着一根黑丝绒的细带。虽然颜色偏暗，但这身装扮却透着一股不凡的气质。在福尔赛家族里，穿黑色和青莲色去参加晚宴，是一种被认为含蓄而有品位的选择。

她对斯悦辛撇了撇嘴说："安姐问起你了，说你很久没去看我们了！"

斯悦辛把两只大拇指插进马甲口袋，回答道："安姐姐年纪大了，该找医生检查检查了！"

"尼古拉斯·福尔赛先生和夫人来了！"尼古拉斯·福尔赛眉毛直直的，脸上挂着笑。他正忙着一项大计划，打算从印度山区雇个部落去锡兰开采金矿，今天终于有了眉目。这是他得意的策略，尽管困难重重，但最终还是实现了——这让他非常高兴。这样一来，产量能翻一番。他常和人争辩，根据所有经验，人总归是要死的，无论是在国内贫穷衰老而终，还是在国外矿井里因湿冷早逝，都没什么区别，只要这能对大英帝国有益就好。

他的才智是公认的。他挺了挺扁平的鼻子,说:"就缺了这么些人,我们分红都停了好几年;看看股票价格,我能一口气卖到十先令一股。"

他还去了雅茅斯度假,回来觉得自己至少年轻了十岁。他抓着斯悦辛的手,兴奋地说:"哈,又见面了!"

尼古拉斯的夫人,一个瘦弱的女人,跟在他后面,脸上带着既欢喜又紧张的笑容。

"詹姆士·福尔赛先生和夫人!索米斯·福尔赛先生和夫人!"

斯悦辛双脚并拢,显得更加神气。"啊,詹姆士!啊,爱米丽!索米斯,你怎么样?还好吗?"

他握着伊琳的手,眼睛瞪得老大。她是个美人——虽然有点儿苍白,但身材、眼睛、牙齿,多么完美啊!索米斯这家伙真是配不上!

上帝给了伊琳深褐色的眼睛和金色的头发,这种少见的组合最吸引男人,也据说象征着意志不够坚定。她穿着一条金色的裙子,裸露的颈部和肩膀细腻苍白,让她的气质更加迷人。

索米斯站在后面,眼睛紧盯着妻子的脖子。斯悦辛手里的表已经指向八点过几分,晚餐晚了半小时——他还没吃午饭——心里不由得升起一股本能的焦虑感。

"老乔里恩不会迟到的!"他对伊琳说,已经有些不耐烦了,"我想是琼拖着他呢。"

"恋爱中的人总是会迟到的。"她答道。

斯悦辛瞪大眼睛看着她,脸颊泛起了微黄色。"他们没理由迟到。

无聊的时尚玩意！"这句话背后，似乎藏着原始先祖难以言说的愤怒的低语。

"斯悦辛叔叔，你觉得我新买的这颗星星怎么样？"伊琳温柔地问。她的衣服前襟上，果然有一颗五角星在闪烁，是由十一颗钻石组成的。

斯悦辛看着那颗星。他本来就喜欢宝石，没有什么比问他关于宝石的看法更能转移他的注意力了。

"谁送的？"他问。

"索米斯。"她面无表情，但斯悦辛浅黄色的眼睛却瞪得更大了，仿佛明白了什么。

"我觉得你在家里一定很无聊，"他说，"哪天你愿意，随时来我家吃晚饭，我请你喝伦敦最好的酒。"

"琼小姐——乔里恩·福尔赛先生！……波辛尼先生！"

斯悦辛挥了挥手臂，嗓子里嘟囔着："吃晚餐啦——晚餐！"

他带上伊琳，因为她嫁过来后，还未被邀请过。琼自然地和波辛尼一起入座，波辛尼坐在伊琳和自己未婚妻的中间。琼的另一侧是詹姆士与尼古拉斯太太，再过去依次是老乔里恩与詹姆士太太，尼古拉斯和海蒂·切斯曼，索米斯和史木尔太太，这样形成了一个圆圈。

福尔赛家族的宴会都会保持一些传统。比如，没有冷盘。为什么没有冷盘，一直无人知晓。年轻一辈推测或许是因为当初生蚝价格太高；更可能是冷盘通常没有什么特别好吃的，为了让人们更饱，索性就不备了。只有詹姆士一家有时候不遵循这一传统，因为在公园巷附近，冷盘已经成为普遍的习俗，所以他们也很难抗拒。

入座后，随之而来的是一种相互间的冷淡，近乎不快；其间也夹杂着这样的话语——

"汤姆又生病了；我真是搞不懂他为什么！"

"我想安姐早晨是不下楼的吧？"

"范妮，你的医生叫啥名？斯特伯吗？一介江湖郎中！"

"维妮佛梨德？她生的孩子太多了。四个，是吧？她瘦得像根木棍！"

"斯悦辛，你这雪利酒什么价？我感觉寡淡无味！"

一直到上第一道菜，都是如此的沉闷。斟上第二杯香槟后，席上传来一阵嗡嗡声；将这阵嗡嗡声里附带的杂音剔除，就会发现它的主要是詹姆士在讲故事；这故事讲了许久许久，连上完羊肋肉后的一段时间也被他占用了——在福尔赛家的宴会上，羊肋肉是公认的首菜。

福尔赛家不论哪一房设宴都不会少了羊肋肉。羊肋肉既有滋味，又耐咀嚼，对于"有一定地位"的人甚是合适。它富有营养且美味；恰恰是那种令人吃了难以忘怀的食物。它如同存放在银行里的存款一般，有着它的过往与未来；这是一道能够引发争论的菜肴。

福尔赛家族的成员各持己见，对于何地产的羊肉最佳争论不休。老乔里恩认定达特穆尔的羊肉为上品，詹姆士则认为威尔士的更胜一筹，斯悦辛则钟情于南丘羊，而尼古拉斯则坚持认为新西兰的羊肉无出其右。罗杰，这位家族中的"异类"，却选择了一条与众不同的道路，他偏爱德国羊肉，并声称其品质非凡。当其他人质疑他的选择时，他却以肉铺的账单为据，显示其价格之高昂，以此证明自己的观点。老乔里恩在这场争论中曾对琼说："福尔赛家族的人总是这样，等你再长大些就会明白！"

只有提摩西没有卷入争论，虽然他热爱羊肋肉，但却总感到心神不宁。

对于对福尔赛家族的心理感兴趣的人来说，这种对羊肉的狂热具有重要意义；它展示了家族的韧性，既包括集体也包括个人的韧性，还象征着他们对现实的归属感，他们只信任营养和味道，而不受外表的诱惑。

当然，福尔赛家族的年轻一辈里，有些人并不太爱吃大肉，他们更倾向于挑选些珠鸡或者龙虾色拉，就是那种外观好看但营养不是很足的东西。主要是一些女孩子或者被妻子、妈妈影响的男生。这些妻子或妈妈在结了婚后经常被迫吃羊肉，所以慢慢地就有点儿讨厌羊肉了，这种感觉也影响了他们儿子的饮食习惯。

争论完羊肉之后，上桌的是土克斯布莱火腿，搭配了点西印度果汁。这道菜把斯悦辛都吃傻眼了，他吃得出神了，整个晚餐都受到了影响。他完全沉浸在这道菜里，不跟任何人说话。

索米斯则坐在史木尔太太旁边，细细地盯着波辛尼看，好像跟他喜欢的一个建筑规划有关，波辛尼这个建筑师或许对他有帮助。这位建筑师一边靠在椅子上，一边无聊地把面包屑堆成一座城堡，看着挺聪明的。索米斯还发现波辛尼的礼服样式还行，就是有点儿小了，看起来像是很多年前的款式。他还看到波辛尼跟伊琳说了几句话，伊琳的脸上立刻就笑开了花，她过去对很多人都笑过，但对他从来没露过笑脸。他很想知道他们在聊什么，可惜裘丽姑妈正跟他说话。

"这对索米斯来说有点儿特别吧？上个星期天，那个施考尔先生在讲道时说了一句话：'一个人拯救了自己的灵魂，却丧失了所有的财产，这对他有什么好处呢？'施考尔说，这是中产阶级的格言。你觉得他这句话是什么意思呢？当然，可能是说中产阶级的信仰吧。"索米斯却随口说："我怎么知道呢？反正施考尔就是个骗子，对吧？"

这时候波辛尼正看着客人，好像在找出他们的特别之处，索米斯不太明白他在说什么。从伊琳的微笑看来，她显然是同意他的话的。她总是对别人的看法表示赞同。

她的眼睛转向索米斯，他立刻垂下了眼睛，她的笑容随即消失了。索米斯的话是什么意思，难道他认为牧师施考尔先生真是个骗子？如果牧师是骗子，那么任何人都可能是骗子。这种想法太荒谬了！

"哼，他们都是骗子！"索米斯说道。裘丽姑太被他的话吓了一跳，愣了好一会儿，才听见伊琳的声音，好像在说："凡是进了这门的，都会永远沉沦！"

斯悦辛已经吃完了火腿。"你去哪儿买蘑菇？"他问伊琳，语气有些高傲，"去斯尼莱包白的店——他的蘑菇新鲜又好。这些小店总是怕麻烦！"伊琳转过身回答他，这时索米斯看见波辛尼正看着她，一边微笑。他的笑容怪异而又天真，就像个孩子一样。索米斯想起乔治给他起的外号"海盗"，觉得有些不合逻辑。他看见波辛尼转向琼，与她交谈。索米斯也笑了，但带着些许嘲讽——他不喜欢琼，此刻琼的表情也不太好看。

这并不奇怪，因为刚才琼和詹姆士有过一段对话："我回来途中，在河边住了一晚上，詹姆士爷爷，发现了一个可以盖房子的好地方。"詹姆士吃得慢而细致，停下来回答。"嗯？"他问，"那在哪儿？"

"靠近潘本。"詹姆士又吃了一口火腿，琼只能等着。

"我想你不会知道那块地是否是无主的，也不知道那里的地价！"他最终说道。

"我知道的，"琼说，"我打听过。"她那焦急而又兴奋的小脸藏在红色的头发下，看上去让人有些怀疑。

詹姆士像个检察官一样审视着她。"你是想买地吗？"他喊道，放下手中的叉子。

琼看到詹姆士对此感兴趣，鼓起勇气继续说："当然不是，我觉得那地方适合您或者其他人建造一座别墅，那简直太棒了！"

詹姆士歪着头凝视着她，然后又塞了一块火腿进嘴里。"那片地应该挺值钱。"他说道。

琼本以为詹姆士真的感兴趣，但其实并非如此；他和福尔赛家族的其他人一样，听说有东西可能被别人拿走时，只是表面上有些兴奋。但琼决定不放过这个机会，继续解释她的想法："您应该搬到乡下去，詹姆士爷爷。我真心希望有一大笔钱，那样我在伦敦一天都不想多待。"

詹姆士被琼这样果断的说法深深打动了，他没想到自己的侄孙女会有这么大的胆识。

"您为何不考虑去乡村呢？"琼再次提议，"那对您的健康有益！"

詹姆士显得有些慌张，反问道："为何要去？我连买一小块地或盖栋房子的钱都没有！"

"钱不多也没关系，至少在那儿可以享受到新鲜空气。"琼回答。

"新鲜空气？"詹姆士大声说，"那又能怎样？"

"我相信没人会拒绝新鲜空气的益处。"琼淡淡地说。

詹姆士用餐巾擦拭嘴巴，避开了她的视线说："你可能不明白金钱的重要性。"

"不明白才好呢！希望我永远不会明白这一点！"琼感到一种难以名状的失落，抿紧嘴唇，选择了沉默。

她困惑于为何自己家族富裕，而菲力普却连买烟草的钱都拮据，他们为何不能伸出援手呢？可他们就是如此自我。为什么他们不愿意建一栋乡村别墅呢？她的脑海里充斥着这些纯真又略显冲动的想法，尽管有些天真，但在某些时候也可能成为解决问题的灵感。心中的烦闷让她转而看向波辛尼，却发现他正与伊琳交谈，这让她的内心更加凄凉。她生气得眼睛圆睁，那神情如同老乔里恩面对困境时一般严肃。

詹姆士感到一种不安，仿佛有人要剥夺他获得百分之五利息的权利一样。老乔里恩对琼的溺爱超出了界限，让他想起自己的女儿，觉得她绝不会说出那样的话。他自认为对孩子们从不吝啬，但这种自认却加剧了他的不满情绪。他心不在焉地拨弄着面前的草莓，然后浇上厚厚的奶油，迅速吃掉，至少这些草莓不该被浪费。

他的不悦情绪有其原因。五十四年来，自从达到法定年龄开始，他就投身于房地产抵押业务，精心维护着高且稳定的收益率。每一笔交易都严格遵循既追求最大利益又确保自己和客户不受损失的原则。这样的经历怎能不让他成为一个金钱至上的人？对他来说，金钱是光，是视野，没有它，一切皆成空。现在有人竟在他面前声称"希望永远不懂金钱的价值"，这让他既尴尬又愤怒。他明知道这话没道理，否则他会恐慌。世界会变成怎样？但一想起小乔里恩，他情绪略有缓和，毕竟有其父必有其女嘛！然而，这又引出了另一个令他不悦的问题。关于索米斯和伊琳的流言蜚语究竟是怎么回事？

福尔赛家族，如同所有重视名誉的家族一样，有一个隐秘的信息交流中心，家族的秘密和成员的价值在此被评估。传言称，伊琳对这桩婚事感到后悔。自然，没有人会站在她那边。选择结婚前，她本该弄清楚自己的心意；一个明智的女人很少会如此迷茫。

詹姆士百思不得其解：索米斯和伊琳拥有一个虽小却精致的住宅，位于绝佳地段，没有孩子的负担，经济上也无忧无虑。索米斯虽不常谈论私事，但显然事业有成。作为福尔赛家族律所的一员，他继承了父亲的衣钵，收入颇丰，行事稳健。更不用提，他在几个抵押贷款案例中成功取消了借款人的赎回权，简直是幸运之至！伊琳没有任何理由不幸福，但有传言说她要求与索米斯分居。詹姆士了解这种事的严重性。如果索米斯有酗酒之类的恶习，那还能理解，可他并没有。

詹姆士偷偷瞥了眼儿媳，眼神中交织着冷漠、犹豫、祈求、恐惧以及个人的不悦。他为何要如此忧虑？这很可能只是无稽之谈；女人总是这样不可捉摸，一开始言之凿凿，让人半信半疑，随后又讳莫如深，迫使你四处打探。詹姆士再次偷看伊琳，然后顺着她的方向望向索米斯。索米斯正一边听裘丽姑妈说话，一边眨着眼睛往波辛尼那边看。

"他显然是深爱着她的，我看得出来，"詹姆士暗自思量，"你看他总给她买这买那的。"

然而，伊琳对索米斯表现出的反感令人费解，这实在是让人难以置信；想到这里，他的心头更添了几分愁绪。更让人难以理解的是，伊琳那么招人喜欢，而他，詹姆士，只要她愿意接受，他是真心愿意疼爱她的。她近来与琼走得很近，这对她没好处，只有坏处。他感到她的社交应该受到指导，否则继续下去太危险了。

确实，琼总是倾向于同情那些不如意的人，所以伊琳很容易就被她影响了；每当伊琳倾诉完，琼就会劝她勇敢承受不幸，考虑与索米斯分开。然而，伊琳听了这些话后，只是沉默地沉思，似乎觉得这样的做法太过残忍，无法接受。她告诉琼，她相信索米斯是不会轻易放手的。

"谁在乎他？"琼大声说，"他想怎样就怎样——你只要坚持自己就好！"她在提摩西家也说过类似的话，这太不小心了；这些话传到了詹姆士耳中，让他既愤怒又烦恼，这是意料之中的。

如果伊琳真的——他甚至不敢想象——决定与索米斯分开怎么办？然而，他的思绪中涌动着各种模糊的假设，耳边回响着家族成员的议论纷纷，这样的事情发生在自己儿子身上，实在是一种耻辱！幸好，伊琳没有钱——一年只有区区五十镑的微薄收入！他想起已故的海隆教授，心中充满了不屑；教授最后什么都没留给她。他一边品着酒，一边思考着，两条长腿随意搭在桌下，甚至在女客们离席时，他都没有起身致意。他必须和索米斯谈谈——提醒他要警惕；既然已经预见到了可能的变故，他们就不能坐视不理。他望着琼留下的满满一杯酒，心中略感不满。

"这一切都是那个丫头片子在背后捣鬼，"他心想，"伊琳绝不会有这样的念头。"詹姆士确实是个想象力丰富的人。斯悦辛的话语打断了他的沉思。"我花了四百镑买来的，"他说，"绝对是一件艺术品。""四百镑！哎呀！真是笔不小的数目！"尼古拉斯应和着。

原来他们说的是这个房间里那尊矗立于石质基座上的意大利大理石雕像，它高雅而精致，为整个空间平添了几分艺术的气息。六位女性雕像环伺周围，形态各异，皆以裸体呈现，她们的手指皆指向中央那位女性，而她则以手触胸，形成一种引人入胜的循环，给人以深刻印象，让人不由自主地感受到它的价值非凡。裘丽姑妈几乎正对着它坐着，一整晚都在努力避免直视，却总是不由自主地被吸引。老乔里恩的一句话挑起了这场讨论的序幕。"四百镑！你真的为这个付了四百镑？"

斯悦辛的眉头不由得拧在了一起。"没错，整整四百镑，一分不少。我一点儿也不后悔。这不是一般的英国货——这是地道的现代意大利艺术！"

索米斯笑着，目光掠过人群，与波辛尼相接，后者正悠然地抽着烟，嘴角含笑，此刻更添了几分"海盗"的风范。

"那个做雕像的意大利人，"斯悦辛继续说道，"原本要价五百镑，但我只给了他四百镑。其实它值八百镑。那家伙看起来就快饿死了！"

"哎呀!"尼古拉斯紧接着感叹,"这些穷困潦倒的艺术家,我真不知道他们是怎么活的。比如那个小佛拉几阿莱第,经常在范妮和女孩们的家里拉小提琴,一年能挣一百镑就算很走运了!"

詹姆士摇了摇头。"是啊!"他说道,"我也不明白他们的生计是怎么维持的!"

这时,老乔里恩站起身,嘴里叼着雪茄,走近雕像仔细端详。

"我的话,两百镑我都不要!"他最后下了结论。

索米斯注意到父亲和尼古拉斯交换了一个忧虑的眼神,而在斯悦辛那一边,波辛尼依旧在烟雾缭绕中保持着他的微笑。

索米斯心里直犯嘀咕:"这家伙脑子里装的啥呢?"他明明白白知道,这些石雕像已经老掉牙了,完全是二十年前的流行货色,在如今的乔布生拍卖行,这样的艺术玩意儿根本找不着影儿。

斯悦辛顶了回来:"你呀,对雕刻一窍不通,只知道画你的画!"

老乔里恩摆摆手,坐回位置上,继续享受他的雪茄。对于斯悦辛这样顽固的家伙,老乔里恩打心底里觉得莫名其妙,他们的脑子跟榆木疙瘩似的,石像和草帽都分不清,跟他们争辩纯属白费劲。

"不就是些破石膏像嘛!"他轻描淡写地撂下一句。

斯悦辛因为胖得不行,只能用力拍了下桌子作为回应。"石膏像?!我倒想瞧瞧你家有啥宝贝能比得上这玩意儿一半!"

斯悦辛的话仿佛惹恼了远古的老祖宗,空气中都好像回荡起他们沉重的叹息声。

詹姆士见状,赶紧出来打圆场:"那个,波辛尼先生,您怎么看?

您是建筑师，对这种艺术品应该有点儿见解吧！"大伙儿的目光齐刷刷地转向波辛尼，眼神里既有好奇也有点儿猜疑，等着他的高见。

索米斯也跟着追问："对啊，波辛尼，你怎么想？"

波辛尼语气平和地说："这是件挺特别的东西。"这话虽然是冲着斯悦辛去的，但他却朝老乔里恩眨了眨眼，带着一丝笑意；唯独索米斯还是不太买账。

"特别在哪儿呢？"

"它很纯粹。"随后，屋子里静悄悄的，大家都似懂非懂地点点头，似乎明白了其中的意思；只有斯悦辛还一脸蒙，没搞清这话到底是夸他还是损他。

第四章　房子的筹建

斯悦辛家宴后的第四天，索米斯慢悠悠地走出自家那扇绿油油的大门，回头又瞅了一眼。他总觉得这房子的外墙该重新刷漆了，这会儿这个念头变得更加强烈。

屋内，妻子正端坐在客厅沙发，双手交叠搁在膝盖上，显然在等他出门。这情景每天上演，他纳闷妻子到底觉得他哪里不好。

要是因为他酗酒，那倒能理解！可他既没有负债累累，也不赌博成性，更不会满口脏话，或是行为粗鲁，朋友聚会也不吵闹，晚上从不夜不归宿。相反地，他感觉到妻子对他有种说不上来的厌恶，这让他既困惑又气恼。

她或许觉得结婚是个错误，或许根本就不爱他，甚至努力过后也爱不起来，但这些都不是问题的关键。福尔赛家族的人不会因为这么奇怪的理由就觉得婚姻不和谐。

所以，索米斯把问题一股脑推到了妻子头上。他承认，妻子是个极具魅力的女人。无论走到哪儿，男人们总是被她吸引，从他们的表情、态度、说话的语气就能看出。即便众星捧月，她的举止也无可挑剔。像她这样的女子，在盎格鲁—撒克逊人中不多见，天生就该被人疼爱，也懂得爱人，否则生活对她来说似乎就没有意义。这一点，索米斯从没想过。他把她对别人的吸引力看作自己的财富；但他也明白，既然她能吸引别人，也可能对别人好，而他却做不到这一点！"那她为啥要嫁给我呢？"他常在心里琢磨。他已经忘记了追求她的那段日子，那一年半的时间里，他围着她转，照顾她，想方设法带她出去玩，送礼物，时不时求婚，紧追不舍，让其他追求者没有机会靠近。他利用了她对家庭环境的不满，巧妙地赢得了她的心，可那个决定性的时刻，他已经记不清了。如果还记得，他会想起那时，那个金发碧眼的女孩对他只是撒娇和偶尔发发小脾气。当她突然答应嫁给他，脸上流露出的那种奇异、温顺而又乞求的表情，他也早已忘记。

这就是人们常说的真诚追求，付出终有回报，婚礼的钟声敲响后，一切理应是幸福和快乐的。

索米斯沿着绿树成荫的人行道向东漫步，脸上不时显露出一种若有所思、四处张望的表情。关于是否应该翻新现有住宅，还是干脆迁居乡村建造一座新房的问题，他又陷入了沉思。

这个月以来他已经反反复复不下百次地考虑这个问题了。然而，他并不急于做出决定。毕竟，他颇为宽裕，年收入逐年增长，如今已近三千镑；尽管他的资产积累可能不如父亲詹姆士所期望的那样迅速——詹姆士总希望孩子们能超越现状，做得更好。"即使不催罗勃生或尼古尔还钱，我也能轻易凑齐八千镑。"他暗自思忖。

途中，他在一家画廊前停下了脚步，目光被展示的画作吸引。索米斯素来热衷于艺术品收藏，他在蒙彼利埃广场 62 号的家中，专门辟有一间小室用来存放画作，因为墙上已经挂满了，再也找不到多余的空间。每次从商业区返回，他总会在夜幕降临时悄悄带回新购的画作；而到了星期日的下午，他必定会躲进这间小室，沉浸在艺术的世界里，一待就是几个小时。他会一件件翻看这些画作，迎着光仔细检查画布背面的签名或标签，有时还会认真地做些笔记。这些画作，对他而言，不仅仅是装饰或投资，更是他心灵的一片避风港。

索米斯的藏品大多描绘的是宁静的自然风光，偶尔点缀的人物似乎是他内心对伦敦喧嚣生活厌倦的映射，也是他对逃离都市喧闹、向往宁静的寄托。尽管他的生活与家族的根深扎在城市的土壤中，但现在，这一切对他来说已经显得过于熟悉而缺乏新鲜感。有时他会选上一两幅心爱的画作，乘坐马车前往乔布生行，但这些艺术珍品大多仅供他自己赏玩，鲜少示人。即便是对品位高雅的妻子伊琳，索米斯也保持着一种微妙的距离，既尊重又隐隐有些回避，从未主动与她分享这份私密的爱好。伊琳对这间满载艺术品的小屋兴趣寥寥，偶尔的探访更像是出于主妇的责任感，而非出自真正的兴趣。索米斯既渴望得到她的认可，又害怕她的骄傲和独立，这种复杂的情绪让他感到不安。

站在画铺前，他凝视着橱窗中映照出的自己，外表显得沉稳而自信：整洁的发型在帽檐下透出光泽，苍白的脸庞衬托出他轮廓分明的嘴唇，下巴上的胡须给他增添了几分成熟魅力，一身合体的黑色外套更显其深邃与从容。然而，他的眼神却流露出内心的焦灼，那是一种对自身脆弱性的警觉。

他细致地记录每幅画作的信息和估价，但这次的浏览并未如以往那样带给他满足感，而是促使他继续前行。

位于蒙彼利埃广场 62 号的住宅若要改建，他还有一年的缓冲时间。此刻，他越发确信，建造一座新宅的时机已经成熟，资金不再是困扰他的主要问题。春天时，他在罗宾山看中的那块地，正是在考察尼古尔抵押财产时偶然发现的宝地，位置绝佳，靠近海德公园，土地增值潜力巨大，未来的转手无疑将带来丰厚回报。因此，一座设计独到、真正出色的住宅，绝对是投资的最佳选择。

成为家族中第一个拥有乡村住宅的人，并不是他的主要目的；对一个真正的福尔赛家族成员而言，追求个人喜好乃至社会地位，都是在满足基本物质需求后的额外奢侈。

将伊琳带到乡村，远离那些影响她的社交圈和朋友，尤其是频繁交往的琼，才是他的真正意图。琼对索米斯并无好感，反之亦然，两人间的隔阂似乎源于共同的家族血脉，这种相似性让他们难以相互认同。在乡村，伊琳或许能被那里的环境所吸引，她天生的艺术才华可以全情投入新家的装饰之中，享受创造的乐趣。这样的安排，也许能重新定义他们的生活，让一切回归他所期望的秩序与和谐。

设计一栋房子，绝非小事，它必须是独一无二，具有标志性的，这样才能保证在未来的某一天，它能够卖出一个理想的价格。正如近期巴克司建造的那座高耸入云的塔楼，尽管巴克司本人毫不掩饰地抱怨他的建筑师让他花费了过多的资金，而且他对此并不满意。与建筑师打交道总是这样，一旦他们建立起自己的名声，就会不断挥霍你的钱财，而你还得笑脸相迎。

那些平庸的建筑师自然不在考虑范围之内，一想到巴克司那座高塔的教训，索米斯就立刻打消了聘请普通建筑师的念头。

正是基于这样的考虑，他开始将注意力转向了波辛尼。自从斯悦辛家的那次晚宴之后，他就开始暗中打听关于波辛尼的消息；虽然收集到的信息有限，但足够让人振奋："他属于新兴的设计流派。"

"他聪明吗？"

"非常聪明——但又有些——有些难以捉摸！"

他目前还不清楚波辛尼具体设计过哪些房子，也不清楚他的收费标准是多少。他得到的初步印象是，合作的条件可能会由波辛尼来主导。而这种想法越是深入思考，就越觉得合乎他的心意。这叫作利润最大化，对于一个福尔赛家族的人来说，这几乎是与生俱来的本能；即使不能免费获取，也要争取到最优的条件——这逻辑上说得通，毕竟这座房子不是随便的建筑，而是波辛尼展现才华的舞台。

索米斯热切地构想着这个项目，这或许能帮助这位年轻建筑师实现他的抱负；他和家族的其他人一样，只要有利可图，就会展现出十足的乐观。

波辛尼的事务所就在斯隆街，离他家很近，这方便他全程监督建筑过程。更重要的是，承建工程的将是伊琳最好朋友的未婚夫，这样看来，伊琳或许就不会那么反对离开伦敦了。说不定，伊琳的幸福婚姻也取决于此。伊琳不会阻碍琼的婚姻，这一点是合理的；她绝不会那样做，索米斯太了解她了。琼也会感到高兴；这对他自己也是有利的。波辛尼看起来聪明，但又带有一点儿天真，而这正是他最迷人的地方——他似乎并不太在意金钱；在财务方面，与他合作应该会比较轻松。

索米斯的这些打算并不是出于狡猾或欺诈，这是他自然而然的思维方式——任何成功的商人都会有这样的思考模式；就算在这一刻，当他穿过人群，朝罗得门山走去时，周围无数的商人也在进行着同样的思考和行动。

因此，他满怀喜悦地计划着，认为波辛尼在金钱上会是容易相处的，其实是在不自觉地遵循着他这个阶层的某种无法言喻的规则，也是人类共有的规律。

他在人流中穿行，通常他的目光都聚焦在前方的路面上，但这时，他被远处圣保罗教堂的圆顶吸引，不禁抬头仰望。他对这座历史悠久的圆顶有着特殊的兴趣；几乎每个星期，他都会在进城的例行行程中，不止一次地停下脚步，走进教堂，花上五六分钟的时间，沿着边廊，仔细研究那些墓碑上的名字和碑文。这座宏伟教堂对他有如此大的吸引力，这让人感到有些不可思议，但也许正是这样，他才能在欣赏之后，更集中精力于当天的商务活动。每当他心中有特别重要的事情，或者在处理某个需要特别审慎的事项时，他都会毫不犹豫地走进教堂，耐心地阅读每一篇碑文，读得极其仔细。然后，他静静地走出教堂，步伐坚定地朝着齐普赛街前进，他的举止显示出更加集中的专注，仿佛刚刚发现了某个他决心要得到的东西。

那天清晨，他踏进了教堂的大门，并非为了参观那些历史悠久的墓碑，而是找了个角落，静静地观察起墙缝来，整个人静止不动，面容显得庄重又深沉，仿佛被某种神圣的感悟所包围。

周围的人也是一片肃静，而他的脸色苍白，像极了教堂墙壁的石灰。他手握着雨伞柄，手套紧包着用力的手，伞就这么被高高地拎在手里。心里头，一个重大的决定正在成形。

"是的，"他默默念叨，"我得找个地儿展示我的画。"

夜幕降临时，他回到城里，直接奔向了波辛尼的工作室。只见那位建筑师衣着随性，嘴里叼着烟斗，正专心在图纸上描绘。波辛尼友好地提议喝一杯，却被他礼貌地拒绝了，直接进入了主题："周日要是有空，跟我去罗宾山瞅瞅一块地怎样？"

"想盖房子？"波辛尼好奇地问。

"可能吧，"他轻声回道，"先别声张，我只是想听听你的意见。"

"行啊。"建筑师干脆地答应了。

索米斯打量着工作室的环境，提出了看法："这地方有点儿过高了。"对他而言，了解波辛尼的工作环境也是有益的。

"我觉得挺好，"建筑师边说边轻轻磕了磕烟斗里的灰，然后依旧含在嘴边，仿佛这样能更好地沟通。他留意到波辛尼的脸颊略显消瘦，像是刻意内敛着什么。

"这办公室租金不菲吧？"他随口问道。

"确实，一个月五十镑。"波辛尼坦白说。

听到这价格，索米斯似乎觉得还算合理。但嘴上却说："的确不便宜。"他笑道："那咱们周日大约十一点见。"

到了周日，他驾驶着自家的马车接上波辛尼，两人一同前往火车站。到了罗宾山，由于没找到马车，两人便肩并肩徒步走了一段路，足足有一英里半，才最终抵达了那块地。

在八月的一个晴朗的日子，阳光火辣，天空碧蓝无云，两名男子沿着一条蜿蜒小径朝小山行进，他们的脚步在干燥的土地上扬起一片尘土。

索米斯紧跟在波辛尼身后，注意到他衣袋鼓鼓囊囊的，装满了纸张，手中还持着一根样式奇特的手杖。尽管波辛尼外表看起来不修边幅，但索米斯内心却暗自感到一丝欣慰，因为这些独特的习惯或许正暗示着对方拥有一些非凡的才能。毕竟，只要能建造出理想的房子，个人着装又有什么关系呢？

"我跟你提过的，"索米斯开口道，"我计划给家里人一个大惊喜——造一栋新房子。所以，在一切未成定局前，得守口如瓶。"

波辛尼轻轻点头，表示理解。

"要是让家里的女士们知道了我们的计划，"索米斯接着说道，"那事情可就复杂了！"

"确实如此！"波辛尼附和，"女人总归是个麻烦！"这话正中索米斯下怀，虽然他从未公开表达过这样的观点。

"她总是那么倔强，"索米斯轻叹，"但她即使心情不好，我也无所谓。"

索米斯从不愿意在外人面前赞美伊琳，那种感觉就像揭开了自己的私密，让他不适。因此，这个话题也就此打住。

他们继续前行，途经一条布满车辙的小径，尽头处是个小洼地，而远处树林边缘隐约可见一间农舍的烟囱。地面铺满了圆滚滚的野草，偶尔惊起一群群鸟儿，在阳光下欢快地翱翔。远眺之处，田地与篱笆交织，背景则是连绵起伏的山峦。

索米斯引领着波辛尼，直至洼地的尽头，那里便是他心目中的理想选址。不过，向波辛尼泄露这一选择，让他感到有些难为情。

"看管这片地的管理员住在那个村里，"索米斯说，"他已经准备好午餐等我们，不如先填饱肚子再详谈。"

随后，索米斯领着波辛尼走向那座村舍，迎接他们的是一个高大的男人奥列弗，他面带愁容，胡须斑白。

午餐时，索米斯几乎没怎么动刀叉，只是一直注视着波辛尼，时不时用汗巾擦拭额头。餐毕，波辛尼起身。

"我明白你们有生意要谈，"波辛尼主动提出，"我先四周转转，自己感受一下。"

言罢，他大步流星地离开了房间，留下索米斯一人在原地。

作为一名专业的房地产顾问律师，索米斯花费近一个小时，与土地管理方深入探讨了关于尼古尔及其他融资方案的具体细节。正当讨论渐入佳境时，他猛然间提到了地基施工成本的问题。"鉴于我是首个在此地建房的人，你们理应给予我一些价格上的优惠。"索米斯提议道。

然而，奥列弗经理只是无奈地摇头回应："先生，这块地已经是同类中价格最优惠的了，若您考虑山上的地段，费用只会更高。"

索米斯故作犹豫，抛出一句："我还在犹豫之中，或许我就不建了，地价实在超出预算。"这话让奥列弗不禁感到惋惜，立即表明此地性价比之高，在周边实属难得，一旦宣传出去，必定吸引众多买家。

两人目光交汇，彼此心照不宣：双方都是谈判桌上的老手，各怀心思。

索米斯再次强调："我的确还没下定决心，购买之事尚存变数。"言毕，他拿起手边的遮阳伞，未做过多寒暄，径直向门外洒满阳光的世界走去，没有与任何人握手告别，只留一个冷淡的背影。

行走间，他的思绪随着步伐缓缓流动，逐渐向那片待开发的土地靠近。直觉告诉他，奥列弗所言非虚，这确实是一块性价比极高的土地。他意识到，尽管自己嘴上说贵，内心深处却已承认了它的价值，这证明了他的直觉超越了表面的言辞。

"无论外界如何评价其价值，我意已决，我要买下它。"他在心中默念。

沿途，云雀在蔚蓝的天空中自由飞翔，蝴蝶翩翩起舞，野草散发着夏日的芬芳。一阵阵凤尾草的清新气息从林间飘来，伴随着远处鸽子的咕咕声和隐隐约约的教堂钟鸣，一切都显得那么和谐宁静。索米斯低头沉思，嘴角不自觉地微动，仿佛正品味着即将实现梦想的甜蜜，直至到达那片未来家园的所在，却发现波辛尼早已不在原地。他耐心等待片刻，随后穿越兔场，向斜坡上方行进，心中涌动着呼喊波辛尼名字的冲动，却又害怕那份孤独的回响打破此刻的宁静。

荒芜的兔场在阳光下显得格外辽阔，只有偶尔掠过的云雀鸣叫和兔子匆忙的穿行声点缀着这份宁静。

索米斯，福尔赛家族中的探索者，在这片看似无垠的原野上，心中那股开拓的激情竟渐渐冷却下来。周遭的宁静、偶尔传来的细微声响，以及那闷热的气候，让他感到一种莫名的焦躁。当索米斯踏上归途，意外地在一片树荫下发现了悠然自得的波辛尼。

波辛尼平躺在一棵苍老的橡树下，树干上的裂纹如同岁月的痕迹，枝叶茂密投下片片阴凉。

索米斯轻轻触碰他的肩，波辛尼这才懒洋洋地抬头，露出微笑："嘿，福尔赛，我发现了一个完美的地方，你的房子就该建在这里！"

索米斯审视着波辛尼指的地方，语气中带着几分冷漠："你的主意或许不错，但这地基恐怕会让我大出血。"

波辛尼对成本并不在意，他的注意力全被眼前的景致吸引。他们脚下的麦田金黄一片，与远方浓绿的林木形成鲜明对比。广袤的田野和低矮的丘陵一直延伸至天际，与那抹淡青色的远山交相辉映。右侧，泰晤士河宛如一条细长的银链，静静流淌。

蓝天如洗，阳光灿烂，整个世界仿佛被夏日的辉煌永恒笼罩。四周飞舞的蓟花，似乎也被这份宁静之美所醉倒。麦田在微风中轻轻摇曳，空中回旋着蜜蜂的嗡嗡声，仿佛大自然在低语，颂扬这美好的时刻。索米斯凝望这一切，内心涌动着复杂的情感。想象着生活于此，每日与这样的美景相伴、与亲朋共享的画面，这愿景令他心潮澎湃，脸颊不禁泛起了红晕。这片土地温暖、光明、充满了阳光的气息，正如四年前伊琳给予他的震撼，激起了他强烈的占有欲。他悄悄打量着波辛尼，对方眼中闪烁着狡黠的光芒，显然也被这景致深深吸引。阳光洒在波辛尼棱角分明的脸上，高耸的颧骨、尖削的下巴、突出的眉骨，这张既粗犷又充满热情的面容，让索米斯心中掠过一丝不悦。

微风吹过麦浪，带来阵阵暖意。"在这儿建房，谁都会羡慕不已。"波辛尼的话打断了沉默。

"我得说，"索米斯冷冷回应，"你不必担心费用问题。"

"大约八千镑，我可以帮你建一座宫殿。"波辛尼自信满满。索米斯的脸色顿时变得苍白，内心的挣扎显而易见。

最终，他低下头，坚决地吐出几个字："我负担不起。"

随即，他领着波辛尼回到了最初选中的地基，开始了房屋设计的细致规划。午后，索米斯独自返回了管理人的村舍，心中五味杂陈，但目标却更加坚定。

半小时后，索米斯和波辛尼一道步出了门，朝向火车站的方向缓缓而行。路上，索米斯几乎没开口，只轻轻嘟囔了一句："那片地，就是你看中的那块，我终究还是买了下来。"

随后，他便陷入了沉寂，心绪纷乱，不明白为何自己总被那个他从未真正看重的人影响，做出这些选择。

第五章　一个福尔赛家庭

在伦敦，数不胜数的时尚人士追逐着潮流的脚步，索米斯亦是其中之一。他知道，红色绒面椅子已不再是流行趋势，意大利大理石雕塑也已风光不再；大家都在奋力追赶新风尚。索米斯的住宅自然也不例外：门把手换上了别具匠心的铜环设计，窗户改造为向外开启，窗沿上挂着一溜儿倒挂金钟的花盆，生机盎然。后花园铺设了别有风味的绿色地砖，周围错落有致地安放着几只盛开着孔雀蓝绣球花的大陶罐，为小院增添了几分雅趣。而在庭院的一角，支起了一把宽大的棕色日式遮阳伞，几乎笼罩了半个院子。这样布置，无论是家里的成员还是来访的朋友，在伞下悠然品茶，赏玩索米斯新近搜集来的小银盒时，不必担心会被过往行人的好奇目光打扰，享受到了一份难得的私密与宁静。

这座住宅的装潢仿佛是拿破仑时代的奢华与威廉·莫里斯手工艺美学的奇妙融合，既宽敞又充满细节。每个小巧的角落都布置得井井有条，点缀着各式精致银器，宛如珍贵的鸟蛋般引人注目。

然而，在这看似和谐的氛围之下，两种截然不同的心态暗暗较劲：女主人渴望遗世独立，如同居住在无人问津的孤岛；男主人则将房屋视为资本，每一处装修都遵循着商业竞争的逻辑。这种竞争心态自学生时代便植根于索米斯心中，他是校园里首个夏季穿白色背心、冬季着花呢马甲的少年；公共场合，他的领带从来都是整齐地贴合衣领，颁奖日前夜，他必会让皮鞋闪耀如新。

他逐渐融入了伦敦那群一丝不苟的精英行列，外表上的任何瑕疵，哪怕是衬衣领未熨平或领带歪斜了一丁点儿，都是难以容忍的。沐浴更衣成了出门前不可或缺的仪式，对他而言，未经沐浴便踏上街头近乎粗鄙。而伊琳，则像是一位水中的仙子，沐浴只为享受清凉，陶醉于水中倒影之美。

在这场较量中，女性的意愿做了退让，犹如历史中战争导致的文明融合，弱势一方不得不接纳异族的文化。

因此，这所住宅，如同其他许多雄心勃勃的居所一样，皆被外界冠以赞誉："索米斯·福尔赛夫妇的家，真是迷人又独特，品位非凡！"

其实，这话同样适用于詹姆士·毕波第、汤姆斯·艾根或爱曼尼艾尔·斯巴几诺莱蒂等人的居所，对于伦敦上流社会中那些自视甚高的群体来说，尽管装饰风格各异，却都能贴切地获得如此评价。

就在远征罗宾山一周后的黄昏，这座被外界誉为"真是迷人又独特，品位非凡"的住宅内，索米斯与伊琳正享用着晚餐。周日晚上吃热食，已成为他们家乃至许多人家的风尚。索米斯刚结婚时便立下规矩："周日晚上佣人必须为我们准备热餐，反正他们也没什么事做，除了弹弹琴。"

这一规定并未引起太大争议，毕竟仆人们本就更倾向于遵从伊琳的意愿，而伊琳对于打破传统习俗并不介意，她认为适度放松乃人之常情。

晚饭时分，这对夫妻在漂亮的红木餐桌旁坐着，他们没像往常那样对面坐着，而是斜对着。餐桌上空荡荡的，不用桌布，这是最近流行的做法。

两个人静静地吃着，不像平时索米斯爱聊生意和新买的玩意儿，今天他却不开口。他琢磨了一周，打算跟伊琳商量盖新房的事，现在正是时候。

可他心里七上八下的，既想说出自己的计划，又忐忑不安，伊琳的安静让他心神不宁，尽管他猜不透她在想啥。他为家庭奔波劳碌，虽有成就感但也有些许忧愁。伊琳安静地坐着，目光似投向墙壁，这让索米斯心里不是滋味，甚至想逃离。

灯光从粉色灯罩中映出，洒在她的颈项和手臂上，她穿着露肩晚礼服，让索米斯觉得她与众不同，因为他们的朋友圈里，女人们在家宴上顶多穿得体的便装，很少见这么讲究的打扮。在粉光的映衬下，她的金发、雪肤和深棕眼睛构成了一幅迷人的画面。

索米斯觉得，没人能拥有这样雅致的餐桌，点缀着如星的玫瑰、紫水晶色的酒杯和闪亮的银餐具，也没人能拥有这么一位美丽的伴侣。在福尔赛家族，感恩不是他们重视的品质，他们更关心的是商业竞争和实际问题，不会在感情上耗费太多精力。索米斯因此感到一种难以言喻的痛楚，他觉得伊琳并不真正属于自己，虽然名义上她是他的妻子，但他却无法像了解自己的财产那样了解她的内心世界。他对自己收藏的银器、画作、房产和投资有着深厚的感情，但对于伊琳，却始终找不到这种感觉。

他似乎总能在生活的每个角落看到提示，提醒他伊琳并不完全属

于他，这让他那商业逻辑的头脑难以接受。他娶了伊琳，想要她完完全全成为自己的人，但现实却是，他连她的想法都触碰不到，更别说心灵了，这让他感到挫败，仿佛违背了他作为一家之主的"主权"。要是被问起是否想拥有伊琳的灵魂，可能会觉得这种想法太天真，但事实上，他确实渴望。只是生活中的种种迹象都在告诉他，这份渴望无法实现。

伊琳总是那么沉默，那么顺从，就算心里对他不满，表面上也看不出端倪，她好像生怕一不小心流露出对他的任何一点儿好意。索米斯不禁自问，难道这样的状态要一直持续下去吗？作为一位小说爱好者，索米斯的生活观念常受到文学作品的影响，他坚信在故事里，丈夫最后总能赢得妻子的心，哪怕是悲剧收场的故事，妻子也会在最后时刻表达出深刻的悔悟，或者在丈夫离去后追悔莫及。这样的想法，让他在面对自己婚姻的现状时，感到更加困惑和无奈。

索米斯有带伊琳看戏的习惯，特别是那些探讨夫妻关系的剧目，还好剧里的麻烦大都与他们实际生活中的不同。戏里，不管男女主角经历了多少情感波折，结尾总是皆大欢喜。每当落幕走出剧院，索米斯免不了会对戏中的情侣心生同情。可一迈进家门，他就得面对现实，感叹生活远比舞台上的故事更为严酷。

那时，流行一种丈夫形象：强硬、粗犷，却也算不上反派，而且剧中这样的角色往往以成功收尾。索米斯对他们非但不同情，反而有点儿反感。尽管自己内心深处也有几分冷酷，他仍旧渴望做个成功的、外表"强硬"的丈夫。即便偶尔意识到自己的情感倾向有些不寻常，他也从未显露出来。

但今夜，伊琳的沉默让索米斯感到格外不对劲。晚餐结束，他急忙吩咐用人收拾桌面，自己则倒满酒，试图开启对话："今天下午有人来过吗？"他试探着问。

"琼。"伊琳的回答简短而直接。

"她来有什么事？"索米斯几乎能猜到，他认为访客必有所图，"是不是又来说她的恋爱烦恼？我猜对了吧？"

伊琳没有接话。

索米斯不依不饶："在我看来，她似乎对那个男人比那个男人对她还要上心，总是围着他转。"

伊琳的眼神让他感到一阵不安。

"你这是无凭无据地瞎猜！"她终于开口，语气里带着不悦，"怎么能这么说呢？太不恰当了。"

索米斯的忍耐到了极限。

"你真是个模范妻子啊！"他话里带着讽刺，心里却对她的强烈反应感到不解，这与她平日的温顺大相径庭。"你和琼走得太近了。我跟你说，她现在有了别人，早把你抛到脑后了。我们很快就要搬去乡下住。"

他本以为这话能让她惊讶，但她只是平静地看着他，这让索米斯更加慌乱。

"你好像无所谓嘛。"他试图激她开口。

"我早就知道了。"她冷冷地回应。

他瞪着她，"谁告诉你的？"

"琼。"她说得轻描淡写。

"她怎么知道的？"这句话几乎是冲口而出，带着一丝愤怒和不解。

伊琳什么话也没说。

索米斯感到一阵压抑和不适，随即试图用话语打破这份沉闷："这对波辛尼而言是件好事，他总算能大展拳脚了。琼应该都跟你说了吧？"

"是的。"

随之而来的是又一次沉默，索米斯又开口："我想你并不想去那儿，对不对？"

伊琳淡淡地回答："建房子的事跟我有什么关系，我怎么会因此快乐或悲伤？"

说着，她拿起桌上的玫瑰花瓶，离开了房间。索米斯一人留在原地，心中五味杂陈。他签那份合同，投入如此巨资，就换来这样的结果吗？波辛尼的话在他脑海中回荡："女人啊，总是麻烦！"

但不久，他的心情渐渐平复。情况本可能更糟，她本可能大发脾气。他原本预想的不仅仅是这点儿不满。幸好，琼无意间帮他们打破了僵局。她无疑是从波辛尼那里得知了一些消息，他早该料到。

他点燃一支烟，至少伊琳没有哭泣或吵闹，她会自己消化这件事的——这也是她的优点，冷漠却不失体谅。桌面上一只甲虫在爬，他边吸烟边向甲虫吹着烟圈，同时在脑海中描绘着那座房子的模样。忧虑无济于事，一会儿就能和伊琳和好了，也许她正在遮阳伞下做着手工活，享受着这个宁静美好的夜晚……

事实上，那天下午，琼满脸笑意地跑来告诉伊琳："索米斯真是太棒了！这对菲力普来说是个绝佳的机会，正是他需要的！"

察觉到伊琳脸上依然带着不悦和困惑，琼补充道："我说的是你们在罗宾山的房子。你不知道吗？"

伊琳其实并不知情。

"哦！那我可能不该告诉你！"琼看着好友，略显不耐烦地说："你知道的，我一直期待这个——他一直在寻找这样的机会展现自己。现在你就能看到他的才华了。"

于是，琼详细地讲述了整件事的来龙去脉。自从订婚后，琼似乎对伊琳的状况关注不多，与伊琳相处时总是谈论自己的事；虽然她对伊琳的境遇抱有同情，但她的笑容中偶尔流露出一种混合着怜悯和轻视的情绪，仿佛在说："这个女人一生中犯了如此可笑的错误。"

"室内装修也全部交给他负责了，他全权做主。简直——"琼笑得合不拢嘴，娇小的身躯因兴奋而微微颤抖，她拍了拍身边的白色窗帘。"你知道，我甚至向詹姆士爷爷请求过——"但提到这段不愉快的经历，她突然止住了，看到伊琳几乎没有反应，不久她便起身离开了。走到人行道上，琼回头望了一眼，伊琳依旧站在门口。她挥手告别，但伊琳没有回应，只是手抚额头，缓缓转身，关上了门。

不久，索米斯走进客厅，透过窗户望着伊琳的身影。

索米斯发现伊琳静静地坐在日式遮阳伞里，宛如雕塑，只有衣服上细腻的蕾丝随着她轻轻地呼吸微微摇曳。即使四周昏暗，她身上似乎环绕着一层柔和而坚韧的气息，内敛的激情仿佛预示着她正默默经历着变化，心灵深处正孕育着新的自我。索米斯没有打扰她，悄然退回了餐厅。

第六章　詹姆士细描

没过多久，索米斯要盖新房的消息在家族中不胫而走。在福尔赛家，任何和财产沾边的决策总能激起千层浪，这次亦不例外。

索米斯本意保密，但琼按捺不住，悄悄告诉了史木尔夫人，唯一的要求是只能转告给生病的安姑妈，别让其他人知晓。琼觉得这能让安姑妈心情好些，毕竟她是家中备受尊敬的老长辈，且近来身体欠佳。

史木尔夫人即刻将消息带给了安姑妈，她靠在枕头上，笑容中带着几分颤抖，声音清晰却微弱："这对琼是好事；不过，我希望他们谨慎些——风险不小呢！"

当房间回归寂静，只剩安姑妈一人时，她紧锁眉头，仿佛预见了一场即将到来的风波。连日卧床，她用坚定的意志支撑着，这份坚决不仅体现在她布满皱纹的面庞上，还有那抿紧的嘴角，显得格外刚毅。

每天早上，女仆史密赛尔会为安姑妈进行一项古老而庄重的晨间梳理仪式。她小心翼翼地从洁白的盒子里取出安姑妈那代表岁月尊严的白色假发，温柔地递到安姑妈手中，然后静默退出。

每天，裘丽和海丝特姐妹俩会轮流前来，向安姑妈报告提摩西的健康、尼古拉斯的新动态、琼是否成功劝说老乔里恩提前举行婚礼，因为波辛尼已着手为索米斯建造新居、小罗杰的妻子是否真的有了身孕、亚其的手术进展，以及斯悦辛如何应对威格莫尔街上那位无礼且破产的前租客留下的空房，特别是关于索米斯的最新情况，以及伊琳是否还坚持分开睡。每天清晨，史密赛尔都会听到安姑妈说："史密赛尔，今天下午两点左右我要下床走走，躺了好些天了，到时候需要你扶我一把。"

史木尔太太跟安姑妈说了之后，还跟了尼古拉斯太太说了这件事，然后又要求她保守秘密。尼古拉斯太太觉得这事挺靠谱，就去问维妮佛梨德·达尔第，毕竟她哥哥是索米斯，应该知道底细。消息从达尔第那传出去，最后传到了詹姆士那儿。

詹姆士听了后有点儿生气，觉得什么都不跟他说。他没直接去找索米斯——他对索米斯有点儿畏惧，总是神秘兮兮的。于是他拿着伞去了提摩西家。

发现史木尔太太和海丝特姑妈已经知道了这事，而且还挺想聊。她们觉得索米斯要是雇用波辛尼先生，对他来说是好事，但也有点儿危险。乔治给波辛尼起了个外号叫"海盗"，挺滑稽的！但乔治就是这样幽默！不过，家丑不可外扬——她们觉得应该把波辛尼先生当家人看待，但也觉得有点儿怪。

这时候詹姆士插话说："谁也不知道他到底是怎样的人。我不明白索米斯要这个年轻人干什么，可能是伊琳在搞鬼。我要去找——"

"索米斯，"裘丽姑妈打断他，"告诉波辛尼不要把这事传出去。他肯定不喜欢别人议论，这是肯定的。而且要是提摩西知道了，他会非常生气。我——"

詹姆士用手捂着耳朵："什么？我耳朵现在聋得很厉害。大概连旁边的人在说什么我都听不见了。爱米丽的脚趾疼。我们得等到月底才能去威尔士。总是有麻烦！"他已经得到了所有他想知道的信息，戴上帽子就离开了。

下午天气晴朗，詹姆士穿过公园去了索米斯家；他打算在那儿吃晚饭，因为爱米丽的脚疼不能走动，莱西尔和茜席丽又去乡下看朋友了。他沿着罗登路走，接近湾水路的小径穿过公园，路上经过一片草地。草地上的草很短，干枯的样子，散落着几只晒黑了的绵羊。一对对男女坐在椅子上，一些陌生的流浪者躺在地上，看起来像是这里刚经历了一场战争般。

他低头走得很快，两边都不看一眼。这个公园曾经是他奋斗的地方，但现在这些景象无法引起他的兴趣或者思考。那些寻找片刻悠闲的情侣对他来说已经无趣，这样的想象早已经过时。他的心情和一只绵羊啃食草地的心情差不多。

最近有个房客拖欠房租，这对詹姆士来说是个大问题，到底是把他赶出去，还是不赶，如果赶了，可能在圣诞节前找不到新房客，这风险值得冒吗？斯悦辛房子的租金前不久已经调低，但那是他自找的，他把持了太长时间了。

他步伐稳健地走着，心里琢磨着还没收的房租，手轻轻握着雨伞的木柄，位置刚好让伞尖不触地，也不损伤伞面。他瘦高的身躯微向前倾，两条长腿像机器一样迅速而准确地迈动，穿行在公园中。阳光洒在悠闲的人群上，也照在那些从外界纷扰中暂时抽离的旁观者身上，而他就像一只在海面上滑翔的鸟。

刚走出阿尔贝特门，有人轻触了他的手臂，原来是索米斯。索米斯刚从事务所出来，沿着皮卡迪利大街背阴一侧回家，正好与他并排行走。

"你妈妈病了，"詹姆士说，"我正打算去你那儿，不会打扰到你吧？"

表面上看，詹姆士和他的儿子之间似乎有些疏远，这在福尔赛家族中并不罕见；但实际上，父子间的情感纽带并未断裂。他们可能都将对方视为一种长期的投资，关心对方的福祉，享受相聚的时光，这是不容置疑的。至于更私人的情感交流，他们则很少涉及，在公众面前更是避免流露过多情感。

父子间的联系，是一种难以言表的情感，深深植根于家族和社会的传统之中——血缘的牵绊，使他们绝不是冷漠之人。实际上，对詹姆士来说，对子女的爱是他生活的最大动力。拥有一群他视为生命延续的孩子，将来能继承他积累的财富，这就是他储蓄的意义所在；一个七十五岁的人，除了为子女攒钱，还有什么能让他感到满足呢？生命的真谛就是为孩子们积累财富！

虽然詹姆士常感抑郁，但在伦敦这个他的活动中心，没有人比他更"正常"了——如果"正常"的标准是自我保护，提摩西可能会说他做得太过火了。他具备典型的中产阶级式的"正常"。在所有的兄弟中，他最为"正常"：老乔里恩虽坚强却偶有软弱，沉浸于他的哲学；

斯悦辛想法太多；尼古拉斯能力强却也因此痛苦；罗杰是个工作狂；只有詹姆士是个平衡的典范，他的智慧和外貌都不出众，这也许正是他可能长寿的原因。

詹姆士比其他兄弟更珍视"家庭"，视其为无价之宝。他对生活的态度总是带着原始的温情，喜欢家人围坐炉边，享受琐碎的交谈，倾听抱怨和烦恼。他的每一个想法都像是从家族这个大熔炉中提炼出来，就像从牛奶中提取奶油；通过自己的家庭，他还吸收了成千上万个相似家庭的精神养分。他常去提摩西家，年复一年，周复一周——坐在那临街的客厅里，双腿交叠——目睹这个家庭的"牛奶"慢慢升温，情感的"奶油"逐渐浮现；每次离开时，他都会感到一种踏实和清新，那种愉悦难以言表。

尽管詹姆士内心深处藏着一层自我保护的硬壳，但他本质上仍是一个心地善良的人。对他而言，每一次踏入提摩西家的门槛，就如同回到了一个充满温暖的怀抱，享受着那份安宁与和谐。他渴望家族的温暖，期待从中得到心灵的安慰，这份渴望深刻地塑造了他对子女无微不至的关怀。

每当想到孩子们可能面临金钱损失、健康问题或名誉损害，他就像跌入了一个令人不安的梦境。他无法理解老友约翰·斯瑞特为何愿意让儿子走上战场，对此颇感不满。小斯瑞特不幸战死的消息传来，詹姆士悲痛万分，认为这是约翰做事过于冲动的后果。

面对女婿达尔第因投资石油股票失利而陷入财务危机，詹姆士焦虑不已，仿佛自己的荣誉也一同受损。经过三个月的调整，包括一次去巴登—巴登的休养，他才慢慢缓过劲来。要不是自己出钱援助，达尔第恐怕难免破产。他的身体一直硬朗，但哪怕轻微的耳痛也能让他瞬间忧虑，感觉自己命不久矣。他固执地认为别人的疾病都是因为没有照顾好肝脏，除了他的家人，他对此类事情总是一副"咎由自取"的态度。

这天傍晚，詹姆士踏上去往索米斯家的路上，心情异常沉重。爱米丽脚痛，莱西尔在外游荡，无人体谅他的心情。安姐的病情让他担忧，生怕她熬不过这个夏天，几次探望都未能见到她。更让他头疼的是索米斯突然计划盖房子的事情，以及索米斯与伊琳关系的不确定性，这让他预感可能会有不好的事情发生。

迈进蒙彼利埃广场62号的大门，他满心愁绪。

时间滑向晚上七点半，伊琳身着华美的晚礼服，静坐在客厅中，那件曾是众多社交场合焦点的金色长袍，如今只能在家中的灯火下展现它的余晖。詹姆士望着她，心中泛起好奇的涟漪："你的这身衣裳是从哪儿得来的？我怎么没见过莱西尔或是茜席丽有过如此华丽的装扮？那些蕾丝边，不会是假的吧？"

伊琳轻巧地靠近他，让他验证那些细腻的蕾丝的真实，脸上挂着温柔的笑容，空气中弥漫着她特有的香水气息。

詹姆士内心的坚硬似乎被这柔情融化了些许，但他依然保持福尔赛家族惯有的骄傲，不愿轻易显露情感的波动，表面装作对价格不关心，内心却估量着这背后的花费。

随着钟声的悠扬，伊琳挽着詹姆士的手臂步入餐室，詹姆士坐下的位置通常是索米斯的专属，而此刻，柔和的灯光洒落，为这空间添了几分温馨而不压抑的氛围。

伊琳开始引导话题，围绕着詹姆士的生活展开。不久，詹姆士察觉到自己的心境似乎在悄然变化，犹如果实沐浴在阳光下，逐渐成熟饱满。即便实际并无外在的抚慰与赞美，他却感受到了被珍视与呵护的感觉，餐桌上每一道菜在他口中都显得格外美味，远非家中做的所能比拟。他品尝了一口香槟，醇香四溢，惊觉家中竟藏有此等类似的酒从未如此醇香，心中暗自发誓要向酒商问责。

谈话间，詹姆士的目光落在对面墙上挂着的画作，那是他赠予的礼物，此时看来更是别有一番滋味在心头。

"这画挂在这里真是恰到好处，我之前都没意识到它和这个家的其他装饰能如此相得益彰！"他赞叹道。晚餐过后，两人移步至客厅，詹姆士尾随伊琳身后，低语道："这一餐虽简约，却极为精致，没有奢华的菜肴，也不是地道的法式风味，却是在家中难以寻觅的体验。想想我的厨子一年拿六十镑薪水，却做不出这样的晚餐！"

直至此刻，关于建房的话题始终未被提及。后来，见索米斯忙碌的身影，詹姆士便打消了继续讨论的念头，让这个夜晚维持在了这份微妙而和谐的气氛之中。

詹姆士和儿媳共进晚餐时的气氛轻松又愉快，香槟加上饭后甜点让他们的心情更加高涨。詹姆士对儿媳特别温和，他发现自己真的很喜欢她这个人，听她说话总能让他心情大好。他仔细打量着儿媳，从脚上那双鞋到头顶金色的卷发。她坐在一张古旧的扶手椅上，姿态优美，就像是在爱人的臂弯里安睡，嘴角挂着微笑，半眯的眼睛显得格外迷人。

然而，詹姆士突然安静下来了。这种只和伊琳单独在一起的感觉让他感到有点儿新奇，甚至有点儿不太适应。他开始琢磨起她的沉默，再开口时，语气里带上了一丝严厉："最近你都在忙什么呢？从不到公园巷看看我们。"

伊琳努力想找些借口，但詹姆士并没看她，反而对她的躲闪感到不解，气氛变得有些尴尬。

"我看你是一点儿空闲都没有吧，老是和琼在外面转。我猜，琼和她未婚夫一起时，你成了陪衬，可现在她似乎总往外跑。乔里恩大伯为此很不开心，他很孤独。听说琼经常和那个叫波辛尼的在一起，我猜他天天往这儿跑。你觉得他怎么样？可靠吗？我对他的情况不太清楚。"

伊琳脸庞微微泛红，詹姆士注意到了。

"或许你对波辛尼先生不够了解。"她轻轻地说，想缓和一下紧张的氛围。

"我不了解他？"詹姆士反问，"那你知道他多少？你认为他是怎样的人？听说他挺聪明的，你怎么看？"他紧盯着她，满腹狐疑。

"他正在帮索米斯设计房子。"伊琳小声说，希望能减轻他的担忧。

"这就让我纳闷了，"詹姆士接着说，"我不明白索米斯干吗要找个这么年轻的建筑师。找个经验丰富的不是更好吗？"

"说不定波辛尼先生真的很有天赋呢！"伊琳尝试解释。

詹姆士站直了身子，转过身，表情严肃。

"听着，"他开口道，"你们这些年轻人聚在一起，不要自以为比别人机灵！"

他走近她，手指不自觉地在空中比画，仿佛在责备的不只是言语，还有她整个人："在我看来，那些艺术家，不管他们自封什么头衔，都不是省油的灯；我劝你还是少跟他们来往的好！"

伊琳反而笑了，笑中带着一丝挑战意味，刚刚的温婉仿佛瞬间蒸发。她的胸口随着呼吸微微起伏，眼神里闪过一丝怒气；她从椅子扶手上收回双手，十指交缠在一起；深褐色的眸子里闪烁着复杂的光芒，直直地望向詹姆士。

詹姆士目光低垂，沉思片刻。"我想说的是，"他继续道，"要是你有个孩子，或许就不会这样了；至少会有些寄托，有些事情去做！"

伊琳的面容沉了下来，连詹姆士都能感受到她那身柔软的绸缎衣裳下身体的僵硬。气氛变得有些凝重，他自己也感到了一丝紧张。和许多缺乏勇气的人一样，他试图通过施压来达到说服的目的。

"你好像对出门玩乐不感兴趣。何不跟我们一起乘马车去英国马球总会看看，或者改天去剧院？你应该对生活抱有兴趣，你还年轻呢！"

伊琳的神色越发不悦，詹姆士的心里也越发不是滋味。

"我什么都不知道。"他喃喃自语着，"没人告诉我这些事情。索米斯得自己管好自己。要是他做不到，我也帮不上忙——就是这样——"他啃着食指的关节，用冷淡而强硬的眼神偷偷瞥了儿媳一眼。

他感觉到她也在注视着他，眼神中满是不悦和深思。他猛地一顿，然后说"哎呀，我该走了。"詹姆士起身，姿态里带着一丝期待，似乎在等待谁开口挽留。他伸手轻轻握了握伊琳的手，她默默陪他走到门边。出门后，他并不急着唤马车，只想独自走走，享受一番清静。

临别前，他请伊琳代为向索米斯问好，说只要伊琳想要散心，他都乐意陪同她。回家后，他直接上了楼。爱米丽这夜几乎没合眼，他对妻子絮絮叨叨了半个多小时，抱怨索米斯家的事让他头疼不已。他咕哝着说今晚怕是要失眠了，话音刚落，却已鼾声四起。

在蒙彼利埃广场那边，索米斯从画室步出。他站在楼梯口，留意着伊琳收拾着最后一波信件。她步入客厅，又折返回来，轻手轻脚地上了楼，怀里搂着小猫咪。索米斯望着她低下头，温柔地对着怀中的小家伙。他心想，为何自己得不到这样的温柔关怀呢？

伊琳发现了他："有我的信吗？"

"三封。"伊琳答道，没再多言，径直走入卧室，留下一片寂静。

老乔里恩的晚年时光 /

一

在十九世纪九十年代初的一个五月的最后一天，大约下午六点，老乔里恩·福尔赛坐在罗宾山家园门廊外的一棵树下享受着傍晚的宁静。他不愿错过这美好时光，哪怕被蚊虫叮咬。他瘦削泛黄的手上拿着一根抽剩的雪茄，长指甲里，特别是那个保养得锋利的指甲，透露出他保留着维多利亚时代初期的风尚——留长指甲，避免任何接触，哪怕是指尖的轻微触碰，那在当时是一种尊贵的象征。他双腿轻松分开，姿态闲适，透着一位习惯每天早晨在丝绸手帕上洒香水的老人特有的优雅。在他脚边，躺着一只毛茸茸的棕白相间的波美拉尼亚犬，名叫伯沙撒，它与老乔里恩的关系从最初的对立渐渐变得亲密无间。秋千上坐着一个玩具娃娃——傻瓜·爱丽丝，它悲伤地把脸埋在黑色裙子中，不论怎样摆放，它似乎总显得受人欺负。树下，草地缓缓倾斜，延伸到蕨类植物园，再往前是低洼的田野，直至池塘、小树林，以及斯悦辛曾称赞的"绝佳景色"。斯悦辛和伊琳五年前来看这房子时，

也是坐在这棵树下欣赏这片景致的。老乔里恩记得这件事在福尔赛家族里曾引起不小的轰动。然而，斯悦辛在去年十一月去世了，享年仅七十九岁，这让人们再次思考福尔赛家族是否真的能长生不老的问题。随着安姑妈、斯悦辛的离世，还剩下老乔里恩、詹姆士、罗杰、尼古拉斯、提摩西、裘丽、海丝特、苏珊。老乔里恩暗自思量："我已经八十五岁了，但我并不觉得自己老，除了偶尔这里那里有点儿痛。"

自从三年前老乔里恩买下侄子索米斯的这栋不祥之屋，在罗宾山定居，他就感觉时间仿佛停止了。与儿子小乔、孙女——琼、小乔的第二任妻子带着郝丽和乔里一起在乡村生活，远离伦敦的喧嚣和家族生意的琐事，没有董事会会议，没有繁重的工作，只有悠闲和娱乐，大部分时间被用来美化这二十公顷的房产，或是满足郝丽和乔里的小愿望，日子就这么悠然度过。过去的种种不幸，包括琼、索米斯、索米斯的妻子伊琳和波辛尼之间的纠葛，带给他的痛苦已经淡去。就连琼也走出了阴霾，如今正和父亲及继母在西班牙旅行。他们的离开让家里更显宁静，但也有些寂寞，毕竟儿子不在身边。最近，小乔在他眼里近乎完美，与他相处总能带来安慰和欢乐，他是一个极其温和的人。不过，女性——即便是最好的女性——总有办法让人感到些许疲惫，除非是真正让你心动的那一位。

风带来了远方布谷鸟的歌声；而在田野的另一端，第一棵榆树上的斑鸠正欢快地歌唱着晴朗的天空。自上次割草以来，那些白菊花和黄毛茛似乎在竞赛般地疯狂生长。风也变得柔和起来，转向了西南方，空气中弥漫着清新的气息，仿佛是大自然的甘露。老人轻轻地将帽子向后推，让温暖的阳光洒在他的下巴和脸颊上，享受着这宁静的时刻。

今天，老乔里恩突然感到有些孤独，渴望身边有个伴侣，哪怕只是看看一张美丽的脸庞也好。人们似乎总是认为老年人不需要什么，但老人心里明白："人的需求是无穷尽的！"他自言自语，那些非典型的福尔赛家族观念偶尔会跳出来占据他的思绪。"即使是即将步入生命终点的人依然会有渴望，这并不奇怪！"在这乡村的宁静中，远离尘嚣，他的孙子孙女、花花草草、树木以及他这片小天地里的鸟儿，还有日月星辰，都在无声地对他诉说着："欢迎来到我们的世界。"而他，确实感受到了这扇大门的开启，尽管他可能不清楚这门究竟敞开了多少。一直以来，他对所谓的"自然"都有着深切的感受，近乎虔诚，尽管这些美好事物常常触动他的心弦，但在日常生活中，他仍坚持实际的看法，夕阳就是夕阳，风景也只是风景。

然而，近来，自然界的美景让老乔里恩感到格外心旷神怡，他深深地陶醉其中。在这宁静而明媚的日子里，随着白昼的延长，他每天都会和郝丽手挽手漫步，他们的宠物狗伯沙撒在前面蹦蹦跳跳，专心致志地寻找着那些永远也找不到的宝藏。他们一起赏花、看果实挂满枝头，阳光洒在橡树叶和小树林的嫩芽上，观赏睡莲的叶片在水中舒展，与那一片唯一的麦田中闪烁的金色新麦相映成趣，聆听云雀和椋鸟的歌唱，看奥尔德尼奶牛悠闲地吃草，轻轻摇摆着它们蓬松的尾巴。在这样晴朗的日子，他总是感到一种深深的满足和遗憾交织的情绪，因为他深爱着这一切，却也意识到自己享受这些美好的时光或许已经所剩无几。想到未来某一天，也许不到十年，甚至五年内，这一切都将离他而去，而他心中依旧充满对生活的热爱，这让他感到无比的不公，如同乌云笼罩了他的生活。

即使传说中有来生，那也不是老乔里恩所向往的；来生不可能再有罗宾山的宁静、花鸟的美好，以及那些美丽的容颜——就连现在，这些都已经太少，让他倍感珍惜。随着年岁的增长，他对虚假的东西越发反感。曾经在六十年代里，他还保持着一副道德家的严肃面孔，就像那时留着彰显个性的鬓角一样，如今这一切都已被他抛诸脑后。现在，只有三样东西能引起他的敬畏：美、正直的行为和对财产的尊重。而在当前，最美的莫过于"美"。他兴趣广泛，尽管仍然能阅读《泰晤士报》，但只要一听到山鸟的鸣叫，他便会放下报纸，沉醉于自然之中。正直和财富，不知为何，开始让他感到厌倦；而山鸟和夕阳的美，却总让他感到无法满足，总想再多听一些，多看一眼。

老乔里恩注视着黄昏时分宁静的景色，以及草地上点缀的金黄与雪白的小花，心中涌起一股情感。这样的景象，如同他在科文特加登广场听过的歌剧《奥菲欧》中的旋律一般美妙。那是一部杰出的歌剧，既有梅耶贝尔的韵味，又超越了莫扎特，带有一种古典而又纯粹的美感，质朴而丰富，特别是拉福吉里的演绎，让他赞不绝口，称其"不输当年"，这是他给予的最高赞誉。剧中奥菲欧对爱人的深切怀念，正如人世间对爱与美的追求，那穿越音符的思念，在这傍晚的美景中回荡。穿着软木后跟长靴的他，不自觉地用脚尖轻轻踢了一下伯沙撒的肋骨，小家伙醒来后又开始寻找根本不存在的苍蝇，然后蹭了蹭主人的小腿，再次将下巴搭在靴面上。

老人的思绪飘到了三周前在歌剧院见到的那张脸庞——伊琳，他侄儿索米斯的妻子，一个拥有非凡美貌的女人。自那次斯坦厄普广场的老宅中举办的庆祝孙女琼和波辛尼不幸订婚的茶会后，他就再没见过她。尽管如此，他一眼就认出了她，因为他一直都很欣赏她的美。她曾是波辛尼的情人，这引发了不少非议，据说波辛尼去世后，她迅速离开了索米斯。关于她后来的故事，无人知晓。直到那天在歌剧院前排侧面看到她，才有了她尚在人间的确切消息，这也是三年来唯一的线索。人们很少提及她，但小乔曾告诉他一件让他非常不悦的事，可能是从小乔治·福尔赛那里听说的：乔治曾在浓雾中遇见波辛尼，就在他遭遇车祸的同一天下午；据说索米斯对妻子做出了令人震惊的举动，从中可以想象波辛尼承受的痛苦。小乔也在波辛尼死讯传出的那天下午短暂地见过她，形容她"既疯狂又茫然失措"，这句话一直萦绕在他的心头。琼第二天去探望伊琳，强忍着自己的悲伤，却被女仆告知，她在夜间悄悄离开，从此失踪。这是一场彻头彻尾的悲剧，但可以确定的是，索米斯再也没能触及她的生活。现在，索米斯搬去了布莱顿，为此往返奔波，老人暗自想，这是他咎由自取。一旦老乔里恩对某人产生了厌恶，比如对这位侄儿，这种情绪就永远不会消失。他还清晰记得得知伊琳失踪时的那份宽慰。小乔遇见她那天，她一定是在街头看到了波辛尼去世的消息，如同受伤的野兽本能地返回巢穴，但想到她像囚徒般被困在那所房子里，他又感到难以忍受。那天晚上在歌剧院见到的她的脸庞，让他心头一震——比记忆中更加美丽，却又异常冷漠，仿佛戴上了面具，所有的情感都被隐藏了起来。她还年轻，大概二十八岁。唉，谁知道呢，她或许已经有了新的伴侣。但一想到已婚女子不该再有恋情，哪怕一次也太多，他就感到不合乎礼仪。于是，他的脚轻轻抬起，伯沙撒也跟着抬头，那双聪明的眼睛似乎在问："要散步吗？"老乔里恩回应道："来吧，老伙计！"

他们像往常一样，悠悠地穿过那片点缀着白菊花和黄毛茛的绿地，步入了凤尾草园。这片区域的凤尾草还没茂盛起来，但这里的布局很有讲究：先是平缓下沉，穿越凤尾草区后又缓缓升起，与对面草地齐平，营造出一种高低错落的美感，正是园林设计中的精髓所在。伯沙撒特别喜欢这里的石头和土壤，有时候还能在这里惊喜地找到田鼠。老乔里恩特意选这条路走，虽然现在看起来不那么壮观，但他相信将来这里会变得十分迷人。他心里默默想着："下次得叫瓦尔来看看，他比毕基在园艺上更有两下子。"毕竟，打理花草和处理房子或健康问题一样，都需要请教高手。这里螺蛳特别多，如果孙儿孙女在，他就会指着一只螺蛳，讲起那个有趣的故事——小男孩问妈妈："李子会长脚吗？"妈妈回答："不会啊，亲爱的。"小男孩惊讶地说："那糟糕了，我是不是吞了一只螺蛳？"孩子们听了，总会踮起脚尖，紧紧拉着他的手，想象螺蛳滑下小男孩喉咙的场景，这时，他们的眼里就会闪烁着兴奋的光芒，咯咯笑起来。

穿过凤尾草园，老乔里恩推开那扇通往第一片田野的柴门。那片开阔的地带，就像一个天然公园，其中圈起了一块菜园，周围是红砖墙。老乔里恩没去那里，因为感觉气氛不对，他选择下坡走向池塘。伯沙撒知道这里有水老鼠，兴奋地跑在前面，尽管它已不再年轻，但因为经常散步，对路线了如指掌。到了池塘边，老乔里恩停了会儿，注意到又有一朵睡莲绽放了，他决定明天指给郝丽看，只要她胃疼好了——午餐时吃了番茄，她的胃就开始不舒服了，她的胃实在太娇弱了。现在乔里去上学了，这是他的第一个学期，郝丽几乎整天都陪着他，这两天没有她，老乔里恩感觉特别寂寞。而且，那里又开始隐隐作痛了——最近经常这样，左侧腋下的轻微刺痛。他回头看向小山丘。是的，波辛尼设计的这座房子真的很棒；如果他还活着，一定能做出一番事业来！他现在在哪里呢？或许他的灵魂还徘徊在这里，这个他最后建造的，也是他爱情悲剧上演的地方。哎呀，这狗又弄脏了腿！老乔里恩朝小树林走去。前几天，这里的风信子开得如梦似幻，他想在阳光照不到的地方，应该还有一些残存的花朵，它们藏在树间，就像掉落的蓝宝石。他穿过牛棚和鸡舍，沿着一条小径深入密林，前往那片风信子花丛。

伯沙撒又一次冲在前面，发出低吠。老乔里恩用脚轻轻碰了碰它，狗却不动，正好挡在路中间，背上的毛发慢慢地竖了起来。不知是狗叫声，还是狗竖毛的样子，又或者是在林中特有的那种感觉，老乔里恩也感到一阵紧张。接着小径一转，一截古老的断木上长满了苔藓，上面坐着一个女人。她的脸侧对着他。老乔里恩正想："她怎么擅自闯进我的花园——我得立个牌子！"女人的脸转了过来。天哪！就是他在歌剧院见到的那张脸，就是他刚刚想到的那个人！在这一刻的恍惚中，一切似乎都变得朦胧，像是见到了幽灵——奇异的光线，也许是阳光照在她那淡紫色长裙上的效果！她随即站起来，站在那里微笑着，头轻轻歪向一侧。老乔里恩心里想："真是太美了！"她没有说话，他也没有；他突然明白了原因，不由得对她产生了一丝敬意。她一定是来这里回忆过去的，所以不需要任何世俗的解释来打扰这份静谧。

就在这样一个充满神秘感和奇妙情愫的时刻，老乔里恩几乎是不自觉地领着她——伊琳，一起漫步在这片属于他的土地上。她走起路来腰肢轻摆，就像那些优雅的法国女士一样迷人；身上的淡紫灰色衣裳也格外引人注目。他发现她的金色长发中夹杂了几缕银丝，配上那双深褐色的眼睛和奶油色的肌肤，显得格外与众不同。忽然，她那如丝绒般柔软的褐色眼睛轻轻向他一瞟，仿佛带着电流，让他的心猛地颤动了一下。这一眼仿佛穿越了时空，来自遥远的彼岸，或者是来自一个与我们截然不同，甚至很少有人能达到的世界。他有些失神地问："你现在住在哪里呢？"

"我在切尔西区租了一间小小的公寓。"

他其实并不想知道她的日常生活，不想打听任何细节；但一句不经意的话还是脱口而出："一个人住吗？"

伊琳轻轻点头，他心里顿时感到一阵安心。他猛然间想到，如果不是命运弄人，她可能已经是这片林地的女主人，领着他这个客人去参观牛棚。

"都是奥尔德尼品种的，"他介绍道，"它们产的牛奶是最好的。这头母牛真是个'漂亮姑娘'。看，那颜色多像秋天的红叶！"那头红棕色的奶牛，眼睛温柔而深邃，颜色和伊琳的一样，被挤过奶后静静站着，用它那闪亮、温和又略带调皮的眼神打量着他们，灰色的嘴唇边挂着一串唾液，滴落在干草堆上。

牛棚里凉快而昏暗，空气中弥漫着干草、草药和氨水的味道；老乔里恩提议："你一定要和我一起吃晚饭。我会安排马车送你回家。"

老乔里恩感觉到伊琳在犹豫，显然是情绪在作祟，这很正常。但他真心希望她能留下；她那美丽的脸庞，苗条的身材，真是个美人！整个下午他都是孤单一人。也许他的眼神泄露了他的孤独，因此她回答道："谢谢你，乔里恩伯伯。我很愿意。"

他搓搓手，高兴地说："太好了！那我们现在就上去吧！"

两人沿着田间小径向上走，伯沙撒依旧跑在前面。阳光几乎直射在他们的脸上，老乔里恩不仅看到了她几丝白发，还注意到她脸上的细纹，这些岁月的痕迹反而为她增添了几分孤傲的美，就像山谷中静静绽放的兰花。

"我打算带你走侧门进去，"他心里盘算着，"不把你当普通访客看待。"

"你平时都做些什么呢？"他好奇地问。

"教音乐；还有个别兴趣爱好。"

"工作啊！"老乔里恩感叹道，拿起秋千上的娃娃，擦拭着它的小黑裙子。"没有什么比这更有意义了，对吧？我现在什么也不干了。年纪大了。你的那个爱好是什么？"

"尽力帮助那些不幸的女性。"

老乔里恩不太能理解。"不幸？"他重复了一遍，然后恍然大悟，心中一阵震动。原来她所说的"不幸"，和他平时随口提到的那个词，含义是一致的。她是说要帮助伦敦的那些风尘女子！多么不可思议又震撼的志向！但好奇心驱使他克服了本能的回避，继续问道："为什么？你怎么帮她们？"

"也没什么。我没有钱给她们。只能给予关心，有时分享点儿食物。"老乔里恩不自觉地摸了摸钱包。

"你怎么找到她们的？"他连忙问。

"我去慈善医院。"

"慈善医院！哎呀！"

"最让我心痛的是，她们中很多曾经都是极美的。"

老乔里恩整理了一下娃娃。"美！"他忽然说，"哈！是啊！真叫人心疼！"然后他向房子走去。

他领着伊琳穿过还没收起来的遮阳帘，从落地窗进入他常读《泰晤士报》的房间；在这里，他也会翻阅《农业杂志》，里面常有放大的甜菜插图，正好给郝丽画画做参考。"晚餐还要半小时。你要不要先洗个手？我带你去琼的房间。"

他看到她四处张望，似乎急于了解自她上次和她的丈夫，或是情人，或者两者一起来过后，这座房子发生了哪些变化——他不清楚，也不想去探究——这一切都是秘密，他不想知道。但变化确实太大了！在客厅里，他说："我儿子小乔是个画家，你知道的。他对装饰很有心得。这些风格我倒不一定喜欢，当然，但我会放手让他去做。"

她站在那里，同时望着客厅和音乐室——这两间房间现在在大天窗下融为一体。老乔里恩看着她，有种奇怪的感觉。难道她想从这两间银灰色调的房间里寻找什么过去的影子吗？他本想用金色装点一切，鲜明而真实。但小乔有着法国人的审美，所以把房间布置得如同他抽烟时飘散的烟雾，偶尔点缀些蓝或红。这不是他想要的！他原本想象这些空间挂满他那些镶着金框的静物画和更为宁静的画作，这些是他曾经珍爱的，那时候买画只追求量。那些画现在在哪里呢？低价全卖了！在福尔赛家族中，只有他能跟上时代的步伐，也因此，他克制住了保留那些画的冲动。但在他的书房里，仍然挂着那幅《落日中的荷兰渔船》。

他们一起慢慢走上楼梯，因为他左边的肋骨下面有点儿疼。

"这里是浴室和洗手间，"他解释，"我都铺了瓷砖。孩子们的房间在那边。这是小乔和他的妻子的房间，两个房间是相通的。我想，你应该还记得——"

伊琳点点头。他们继续往前走，穿过走廊，进了一个大房间，里面有一张小床，还有几扇窗户。

"这是我的房间。"他说。墙上挂满了孩子的照片和水彩画，他有点儿犹豫地说："这些都是小乔画的。从这里看出去的风景特别好。天气晴朗时，能看到远处埃普索姆赛马场的看台。"

这时，太阳已经落在房子后面，外面的田野上覆盖着一层美丽的晚霞，像是漫长美好日子的余晖。很少有房子能有这样的景色，但外面的田野和树木依然闪烁着微光，延伸到一片模糊的高地。

"乡村也在变，"他突然说，"但等我们都走了，乡村还是乡村。你看那些画眉鸟——早晨这里的鸟叫声特别动听。我真的很高兴远离了伦敦的喧嚣。"

她的脸紧紧贴在窗玻璃上，看起来很伤心，这让他的心为之一动。"我希望她能看起来更开心些！"他想，"这么美的脸，却这么忧郁！"

他拿起热水瓶走到走廊上。"这是琼的房间，"他说着，打开旁边的门，放下了瓶子，"我想一切都准备好了。"

他帮她关上门，回到自己的房间，用大木梳梳了梳头发，往额头上抹了些花露水，然后陷入了沉思。她的突然到来，像是一种天赐的礼物，既神秘又浪漫，好像有人听到了他内心想要陪伴、想要看到美丽的心声，并且满足了他，而那个人是谁并不重要。他站在镜子前，挺直了依旧笔直的背，用梳子梳理了两下白胡子，在眉毛上也喷了点儿花露水，然后按铃叫来了女仆。

"我忘了告诉他们今晚有一位女士和我共进晚餐。让厨师加几个菜，告诉倍根十点半准备好马车和马，送这位女士回城。郝丽小姐睡了吗？"

女仆说应该还没有。老乔里恩轻手轻脚地走过走廊下楼，悄悄推开孩子们房间的门，他在门轴上特意加了润滑油，就是为了晚上能不吵醒孩子。

可是郝丽已经睡熟了，她安详的样子就像是古画里的圣母玛利亚，那种让人分不清是圣母还是爱神维纳斯的古典画像。长长的黑睫毛轻轻贴在脸颊上，小脸蛋平静又可爱，看来她的肚子已经不再难受了。老乔里恩在昏暗的灯光下静静地站着，心中满是对她温柔的怜爱。这张稚嫩又迷人的小脸，让他仿佛重获青春的力量，这对他而言是莫大的幸福。孩子们代表了他的未来，他的全部未来；作为一个不太信教的人，这份对未来的期许也许就是他所能接受的最接近信仰的东西了。他知道她将来不会有任何忧虑，因为她的血脉里流淌着他的一部分。她是他的小伴侣，他会倾尽全力让她幸福，让她只知道被爱包围着。他心满意足地轻手轻脚离开，以免吵醒她，连鞋子踩在地上都几乎无声。

走到走廊时，他突然有了个奇怪的想法：这些孩子将来会不会也像伊琳帮助的那些人一样无助？所有的女人曾经都是孩子，就像现在熟睡的这个小家伙一样！"我得给她些帮助！"他想着，"想到他们的处境就心疼！"那些无依无靠的人，他平时不敢多想；但在心底，被物质世界层层包裹下，他有着一颗真正善良的心，一想到他们的困境，就触动了他内心最柔软的部分，触动了他对美的热爱。此刻，想到今晚能有位美丽女子相伴，他的心情就像盛开的花朵般愉悦。

他悄悄下楼，穿过弹簧门来到屋后。在酒窖里，藏着一种珍贵的霍克酒，每瓶至少价值两镑，是施泰因贝格的秘密佳酿，其味道比任何约翰内斯堡的霍克酒都要美妙；那是一种近乎花露的酒，香气如同仙露桃，纯净而醉人。他取出一瓶，小心地捧在手中，对着光线细细观赏。一层薄薄的灰尘覆盖在深色的瓶颈上，显得格外温馨。这酒自他从城里搬来这里，又存放了三年，味道一定更加醇厚！这是他三十五年前购入的珍藏——感谢岁月，他还能品位美酒，享受这样的待遇。伊琳一定会喜欢这种酒，每一口都是甘甜。他擦干净酒瓶，拔出软木塞，深深地吸了一口酒香，然后回到音乐室。

伊琳正站在钢琴旁，取下了帽子和围巾，露出金色的秀发和苍白的脖颈，穿着淡紫色的衣服，与钢琴的红木色相映成趣，在老乔里恩眼里，这画面美极了。

她轻轻地挽着他的胳膊，两人一起庄重地步入餐厅。这个宽敞的房间原本能轻松容纳二十四个人用餐，但现在只摆了一张小圆桌。在这样的安静时刻，大餐桌显得有些多余，老乔里恩就让人暂时移开了，想着等儿子回来再说。他自己平日吃饭都是一个人，只有墙上挂着的两幅拉斐尔圣母画像陪伴左右。特别是在温暖的春末时节，这样的独餐时间成了他最不自在的时刻。他饭量不大，不像斯悦辛、西尔凡勒斯·海少普或安东尼·桑渥西那样好胃口；独自一人对着两位"圣母"进餐，既无趣又尴尬，所以通常他都草草了事，只为快点儿享受咖啡和雪茄带来的小小乐趣。但今天晚上不一样！他全神贯注地看着坐在小圆桌对面的她，聊起了意大利和瑞士，分享了自己在那里的旅行故事，还有许多没法再跟已经听腻的儿子和琼讲的往事。对她这样一个新鲜的听众，他倍感珍惜；他从不喜欢沉溺于过去的回忆，也不喜欢那些只会怀旧的人。他天生懂得避免让别人感到厌烦，对美的追求使他在与女性交往时格外留心分寸。他渴望听到她的声音，虽然她偶尔微笑，似乎也很享受他们的对话，但他总感觉到她身上有种难以言喻的孤独，这反而让她更加迷人。有的女人太热情，滔滔不绝；有的则只关心自己，让人受不了。他偏偏钟情于那种含蓄的温柔；对方越安静，他越觉得动心。她就是这种温柔的完美体现，就像他挚爱的意大利山谷中那抹温柔的夕阳。更让他觉得珍贵的是她那份超脱尘世的气质，这让她与他更加亲近，成为他理想中的伴侣。年岁渐长，他不再追求热烈的激情，喜欢的事物也不会被年轻人轻易夺走，因此在他心中，她依然是那个无可替代的存在。他边品酒边凝望她的唇，感觉仿佛时光倒流，自己年轻了许多。而小狗伯沙撒也躺在一旁，同样盯着她的唇，不过它的眼神中更多的是困惑和对那些举起来的浅绿酒杯的不满，里面装着它认为难喝的黄色的液体。

回到音乐室的时候，天刚黑下来。老乔里恩嘴里叼着雪茄，提议说："来几首肖邦的曲子怎么样？"从一个人选择的雪茄牌子和爱听的音乐，你能多少窥见他的内心世界。老乔里恩偏好清淡的雪茄，对瓦格纳的音乐不太感冒，反而更喜欢贝多芬、莫扎特，还有亨德尔、格鲁克和舒曼，甚至对梅耶贝尔的歌剧情有独钟，原因嘛，他自己也说不清。上了年纪后，他突然迷上了肖邦，就像他对波提切利的画作一样痴迷，这种转变似乎和他的年代不太相符。肖邦的音乐，就像波提切利的画，它们的美不是那种直白震撼的，而是温柔地触碰你的心灵，让你感受到一种难以描述的感动。这种感觉是不是有益身心健康，他不确定，但只要一看见波提切利的画，一听肖邦的曲子，别的事情就都被抛诸脑后了。

伊琳坐到钢琴前，灯光柔和地照在她身上，周围挂着灰珍珠色的装饰品。老乔里恩选了个能清楚地看到她的安乐椅坐下，跷起二郎腿，悠闲地抽着雪茄。她将手放在琴键上，想了一会儿，然后开始弹奏。旋律一起，老乔里恩心里涌出一种特别的感觉，既快乐又带点儿忧伤，这是任何其他东西都无法给予的。他渐渐沉浸在音乐中，偶尔拿起雪茄抽一口再放下，才稍微打断一下这份专注。

房间里，有她的琴声，有红酒和烟草的气息；但同时，他的脑海中也浮现出一幅画面：阳光变成月光，鹳鸟站在满是树木的池塘边，红得像葡萄酒的玫瑰花，紫罗兰色的田野上，白色的牛在悠闲地吃草，还有那个微笑的神秘女子，深褐色的眼眸，洁白的脖颈，正张开双臂。从这如梦似幻的场景中，一颗星星仿佛音乐的音符般滑落，轻轻挂在牛角上。他睁开眼，又迅速闭上，享受着这如同仙子弹奏的美妙曲子，心里既奇妙又带着一丝哀愁，就像站在开满花的菩提树下，吸入那甜美的芬芳。这不像是回到了过去，更像是站在那里，只为欣赏一个女孩的笑容，享受那份属于她的美好。这时，小狗伯沙撒跳上来舔他的手，他才回过神来。

"真是太美了！"他赞叹道，"再来首肖邦的曲子吧！"她再次弹奏起来。这次，他惊奇地发现她和肖邦的音乐之间有着不可思议的和谐。她走路时那轻盈的摆动，也融入了她的琴声中，而她选的这首夜曲，就如同她温暖的眼神和发丝间闪耀的光泽，像是金色月亮洒下的柔和光辉。这是一种吸引，但绝不轻浮，无论是她还是这音乐，都纯净无比。雪茄烟圈缓缓升起，又慢慢消失。

"我们就是这样逝去的！"他想，"再也见不到这样的美人了！一切都会过去，对不对？"

伊琳又一次停下。"想不想听听格鲁克的？他总是在阳光明媚的花园里，边喝着莱茵河的葡萄酒边创作。"

"哦，好的！来一曲《奥菲欧》吧。"瞬间，他仿佛来到了长满金银花的田野，白衣仙女在阳光下舞动，色彩斑斓的鸟儿穿梭其间，全是夏天的景象。一阵阵甜蜜又略带遗憾的情绪像海浪一般涌来，浸润着他的心灵。一截雪茄灰掉下，他轻巧地用丝巾拂去，闻到一股类似鼻烟又像花露水的混合味道。

"哎！"他想，"夏天的尾巴就是这样的味道！"

"你还没弹《我失去了尤丽狄茜》呢。"他说道。但她没反应，也没动。他感到不对劲，有什么触动了她的心弦。她突然起立转身，他立刻后悔了。真是笨蛋！她就像奥菲欧一样，在这个充满回忆的地方寻找她失去的爱人！

他起身，小心翼翼地跟在她后面。她双手抱在胸前，侧脸苍白。他情不自禁地说："别这样，亲爱的！"这话几乎是本能地说出口，每当郝丽受伤时，他总会这么说，但这句话似乎让气氛更尴尬了。她举起手捂住脸，哭了起来。老乔里恩注视着她，眼神深邃。她显得很羞愧，平时的稳重与平静不见了，但他也明白，她从不在别人面前这样失态。

"别哭，别哭。"他低声重复，轻轻地把手放在她肩上。她转过来，双臂搭在他的身上。老乔里恩一动不动，手留在她的肩上。让她好好哭一场吧，这对她有好处！小狗伯沙撒疑惑地坐着，望着他们。窗户开着，窗帘未拉，外面最后一抹夕阳和屋内昏黄的灯光交织；新割的草香飘进屋里。老人懂得，所以老乔里恩没有说话。悲伤会过去，只有时间能治愈一切——喜怒哀乐，时间见证了它们的来来去去，最终将它们——带走；时间是所有故事的收尾者！

他的脑海里闪过了赞美诗的句子："像渴鹿寻找清泉……"，但这并没有给他带来多少安慰。接着，他闻到紫罗兰的香气，知道她在擦眼泪。他低下头，用胡须轻轻碰了碰她的额头，感觉到她全身微微颤抖，就像树在抖落雨滴。她亲吻了他的手，仿佛在说："现在没事了！对不起！"

那一吻仿佛给了他一种难以言喻的安慰，他轻柔地领她回到刚刚触动她心弦的椅子旁。小狗伯沙撒也跟来，把它吃剩的骨头放在他们脚边。为了让她的思绪远离刚才的情感波动，他想到没有什么比展示瓷器更合适了；他陪她一件件欣赏橱柜中的瓷器，拿起德雷斯顿的、洛斯托夫特的，还有切尔西的，他瘦削的手指节分明，皮肤上带着点点老年斑，看起来有些苍老态。"这件是在乔布生买的，"他说，"花了三十镑。那只狗总是到处乱丢骨头。这艘'船碗'是那次侯爵出事后拍卖得来的。可能你不记得了。这件切尔西不错。看，你觉得这是什么瓷？"这样做让她感到舒适，而她这样有品位的人也真的对这些瓷器产生了兴趣；说真的，没有什么比一件精致的瓷器更能让人平静了。

最后，马车声响起，他说："一定要再来；下次来吃午饭，我可以白天给你看，还有我可爱的小孙女——真是个宝贝。这狗好像喜欢你。"原来伯沙撒感觉到她要离开，正蹭着她的腿。走到门口时，他说："车夫大概一刻钟后就能送你到家。这个给你，给那些需要帮助的人。"然后递给她一张五十镑的钞票。他看见她眼中闪过一丝光，听到她轻声说："哎呀，乔里恩伯伯！"他心里涌起一阵暖流。这表明两个有需要的人都得到一些帮助，也意味着她会再回来。他将手伸进车窗，再次握了握她的手。车驶去，他留在那儿，望着月光和树影，心里想：美好的夜晚！她真是……

二

连绵不断的雨水滋润了两天后，夏日的阳光变得更加明媚温暖。老乔里恩这些天都和郝丽一起散步、聊天，享受着这份宁静。开始时，他觉得自己好像年轻了几分，浑身上下都充满新鲜的活力；可很快，他就感到心里像有只小鹿乱撞，平静不下来。每天下午，他们的足迹都会延伸到那片小树林，直走到那棵断树旁。"唉，她不会在这里的！"他心里默默念叨，"自然不会在这里！"这时候，他仿佛又变回了那个年迈的自己，步履蹒跚地走回家，手总是不自觉地按在左边的肋骨上。有时候，脑子里会冒出个念头："她真的来过吗，还只是我做了一场梦？"这时候，他就会呆呆地看着前方，而小狗伯沙撒也用它那双懵懂的眼睛回望着主人。当然，她不可能再出现了！当收到西班牙来的信，说小乔他们要到七月才回来时，他也没了往日的激动。每天晚餐时，他总爱眯着眼睛看看她曾坐的那个位置，现在空荡荡的，只好收回目光。

到了第七天下午，他琢磨着："该进城去买双新鞋了。"于是吩咐倍根驾着马车出发。路上经过帕特尼镇前往海德公园，他突然有了个念头："干脆去切尔西看看她吧。"他对马夫说："你驾车到那天晚上送那位太太的地方。"马夫圆脸一转，湿漉漉的嘴边回答："穿浅灰色衣服的那位太太吗，老爷？"

"对，就是那位穿浅灰色衣服的太太。"还能是哪位太太呢？真是个笨蛋！

马车停在了一栋靠近河边的小公寓前，老乔里恩一眼就看出这房子挺普通。"大概一年租金也就六十镑吧。"他心里估摸着；进门时，他特意留意了门牌。没有"福尔赛"的名字，但在二楼的一个房间标着："伊琳·海隆太太。"哦！她改回了娘家的姓！不知道为什么，这让他感到一丝欣慰。他慢慢走上楼梯，感觉到左肋隐隐作痛。按门铃前，他站了一会儿，让腿休息一下，也让心跳平复。万一她不在家呢！那接下来就——去买鞋吧！想到这，他心里竟有些失落。他这把年纪，还买什么新鞋呢？现有的几双都穿不完。

"太太在家吗？"

"在的，先生。"

"告诉她，乔里恩·福尔赛先生想见她。"

"好的，先生，请跟我来。"

老乔里恩跟着一个看似十六岁左右的小女仆进了客厅，窗帘都拉了下来，房间里摆着一架小钢琴，弥漫着淡淡的香气，布置得很雅致。他站在屋子中间，手里拿着帽子，心想："看来她过得并不宽裕啊！"壁炉上方挂着一面镜子，他在镜中看到了自己的影子。真是个老头子了！他听见了声响，转过身。她离得好近，他的大胡子差点触碰到她的额头，就在那几根银发下面。

"我坐马车进城，顺道来看看你；那天晚上你没事吧？"看到她笑了，他心里顿时轻松了许多。也许，她是真的想见他呢。

"要不要戴上帽子，和我一起去公园走走？"

就在她转身去拿帽子的那一刻，他皱起了眉。公园？那里可能会遇到詹姆士、爱米丽，或是尼古拉斯的妻子，或是家族里别的什么人趾高气扬地散步。他们要是看到他和伊琳在一起，准会到处说闲话。还是算了！他不想再让福尔赛家族掀起旧日的风波。他从紧绷的衬衫领子里拽出一根白发，手轻轻摩挲着脸颊、胡须，还有那棱角分明的下巴，脸颊瘦削得厉害。最近他吃得不多，或许该找个年轻医生给郝丽看病时，顺便给自己开点儿补品。但当她回来，两人坐上马车，他提议："我们去肯辛顿公园坐坐怎么样？"随即补充道："那里不会有趾高气扬的人。"仿佛在分享一个秘密。

走进公园的静谧角落，他们沿着湖边漫步。

"看到你用了娘家的姓，我很高兴，"他说，"我觉得这样很好。"

她轻轻挽住他的手臂，"琼原谅我了吗，乔里恩伯伯？"

他温和地答道："嗯，是的，当然，为什么不呢？"

"那你呢？"

"我？当我明白一切都无法改变时，就已经原谅你了。"也许那时他是这么想的；他总是容易原谅美丽的人。她深深吸了一口气。

"我从不后悔——也不能后悔。你有真正疯狂地爱过吗，乔里恩伯伯？"

这个问题让老乔里恩一愣，他瞪大了眼。他有吗？似乎记不太清了。但面对这样一个年轻的女子，手挽着他，因过去的爱情悲剧而生活暂停，他不愿直言。他心里想："如果我年轻时遇到你，我——我可能也会做出些疯狂的事。"菲力普·波辛尼！这个名字让他心头一紧；

他平时考虑周全，此刻忽然意识到她这样做的原因。她想和他谈谈她的爱人！好吧！只要能让她快乐。

"爱情是个奇怪的东西，"老乔里恩说，"常常带来麻烦。希腊人——他们不一样——他们把爱情当作女神；我想他们是对的，但毕竟，那是他们的黄金时代。"

"比如菲力普就很崇拜希腊人。"

他应道："啊，他有点儿艺术家的气息，我觉得。"

"对，他追求平衡和谐，就像希腊人那样全身心投入艺术。"

平衡！据他所知，那年轻人内心并不平衡——至于和谐美——当然，外表确实协调；但那双奇特的眼睛和突出的颧骨——和谐吗？

"你也是黄金时代的人，乔里恩伯伯。"老乔里恩转头望向她。她在开玩笑吗？不，她的眼神依然如丝绒般温柔。她在讨好他吗？但为什么要讨好他？一个老头子，讨好他又有什么好处呢？

"菲力普就是这么看的。他曾说：'但我永远没法告诉他我有多尊敬他。'"唉！又是她那已经不在的恋人，话题总离不开他！他轻轻按了按她的胳膊，既有些反感又带着感激，因为这些回忆好像在他俩之间搭建了一座特别的桥梁。

"他是个有才华的年轻人，"他轻声说，"天气真热！我最近不太能受得了热了。我们找个地方坐坐吧。"

他们在一棵宽叶的栗树下找到两把椅子坐下，树荫正好挡住了午后的阳光。坐在这里，老乔里恩看着她，感觉到她愿意和他在一起，真是舒心。为了让这段时光更美好，他接着说："我觉得他在你面前的样子，是我没见过的。他对艺术的看法对我来说挺新鲜的——至少对我是这样。"他本想说"现代"，但话到嘴边又改了口。"是啊！但他总说，你才是真的懂美的人。"老乔里恩心里想着："这家伙真的这么说过！"他看了看她，回答："是啊，不然我也不会和你一起坐在这儿了。"她笑了，眼里满是爱意！"他认为你拥有一颗永远年轻的心。波辛尼的眼光确实独到。"

这句话，从回忆中捞出来赞美她逝去的爱人，其实没怎么触动他的心，但听着不错，因为她在他的眼里和心里——是的，一颗年轻的心——那么亲切。是不是因为他和她，还有她的爱人不一样——从没不顾一切地爱过？从没失去过内心的平衡和协调？算了！重要的是，他到了八十五岁还能欣赏美丽的人。他想："如果我是画家或雕塑家就好了！可我就是个老古董了。还是珍惜眼前吧。"

一对情侣手挽手从他们前面的草地上走过，刚好就在栗树的树荫边缘。阳光无情地照在两张苍白而年轻的脸上，凌乱的头发，颓废的表情。"我们都是一群丑陋的人！"老乔里恩突然说，"但奇怪的是，你看——爱情能超越丑陋。"

"爱情能超越一切！"

"年轻人会这么认为。"他嘀咕着。

"爱情不分年龄，没有界限，不受死亡限制。"她的脸颊泛起了红晕，胸口起伏，眼睛又大又温柔，就像活生生的维纳斯！但这话立刻引出了他的反应，他看了她一眼，说："是的，如果有界限，我们就不会出生了；毕竟，天哪，爱情要承受很多东西。"他摘下礼帽，用袖子擦了擦帽檐。这顶帽子让他额头感到很热；这些日子，他经常感到血往头上涌——他的血压不像以前那么稳定了。

她依然坐得笔直，突然小声说："奇怪的是，我还活着。"他想起了小乔里恩说的"疯狂又恍惚"。他叹了口气，说："哦！我儿子那天见到你了。""是你儿子吗？我在门厅听见声音；有那么一刻，我还以为是——菲力普呢。"

老乔里恩看到她的嘴唇微微颤动，她用手捂了一下嘴，随即放下，然后平静地说："那天晚上我跑到河边，有个女子拉住了我。她给我讲了自己的故事。当你知道别人在受苦，就会感到自己的幸运而有点儿内疚。"

"是那些……"他问得小心翼翼，她点点头。老乔里恩心里一紧，那是从未经历过绝望挣扎的人所特有的紧张感。他几乎不自觉地说："再多告诉我一点儿吧。"

"那时候，我已经不在乎自己是生是死。当你跌到谷底，好像连命运都不忍心再给你打击。她连续三天守着我，寸步不离。我当时一分钱也没有。我现在尽力帮她们，就是因为这个缘故。"

老乔里恩心里琢磨："没钱！还有比这更糟糕的情况吗？这简直就是所有不幸的集合体。"他好奇地问："那你那时候怎么不来找我呢？"

伊琳没有立即回答。

"可能是因为我是福尔赛家的人吧，或者是因为琼的原因？你现在过得怎么样？"他忍不住上下打量她。或许她现在仍然——但她并不瘦弱——不是真的瘦！

"哦，靠着我父亲留下的每年五十镑，勉强维持生活罢了。"这话并没有让他完全放心；他还是不太相信她。索米斯那小子！但他觉得责怪索米斯也不公平，所以没说出来。她就算饿死也不会再接受他一分钱，绝对不会。看起来那么柔弱，却在某些方面异常坚强和忠诚。可是波辛尼为什么要自杀，留下她独自一人呢！

"以后你有什么需要一定要来找我，"他坚定地说，"不然我会生气的。"他戴上帽子，站起来，邀请道："我们去喝杯茶。让那个懒马夫带着马溜达一个小时，然后再回来接我。我们坐马车去，我现在走路不像以前那么利索了。"

他们慢慢走向肯辛顿公园的入口，她的声音、眼神和走在他身边苗条的身影都让他感到愉快。在街上鲁菲尔咖啡馆的下午茶也让他心情大好；离开时，他还买了一大盒巧克力挂在小指上。坐在回切尔西的出租马车上抽着雪茄，他也乐在其中。她答应下周日去乡下给他弹钢琴；他已经开始想象要选哪些石竹花和早开的玫瑰带进城里送给她。能给她带来快乐真是件美好的事，如果像他这样的老人还能做到的话。

到达时，他的马车已经等在那里了！就是这样一个不合时宜的存在，需要它时总是慢半拍，不需要时却……老乔里恩进去和她告了别。公寓昏暗的走廊里飘着一股淡淡的、不太舒服的薄荷香味，墙边的长凳上——小客厅里的唯一家具——坐着一个女人。他听到伊琳轻声说："请稍等。"

在小客厅里，门关上后，他认真地问："是你的那些困难朋友吗？"

"是啊，现在我能帮到她一些，都要谢谢你。"他猛地站起身，摸了摸自己棱角分明的脸庞。这张曾经在年轻时让人敬畏的脸，现在却因担心她和那个孤独无助的人有所牵扯而显得忧心忡忡。她能帮到她们什么呢？可能什么忙也帮不上，反而会让自己陷入尴尬和麻烦。于是他说："孩子，你得小心点！人们总是喜欢把事情往坏处想。"

她轻轻一笑，这让老乔里恩感觉有点儿不安。

"那么——星期天见，"他喃喃地说，"再见了。"

她凑上前让他亲吻了脸颊。"再见，"他又重复了一遍，"千万小心。"

他走出客厅，刻意没有去看长椅上的那个人。回家的路上，他特意绕道哈默史密斯大道，停在一家常去的酒铺前，吩咐他们送两箱上好的勃艮第葡萄酒给她。也许她偶尔也需要一点儿慰藉吧！快到里士满公园时，他才猛然想起进城原是要去定做靴子的，却不知道怎么就冒出了这个无趣的想法。

三

对于老年人来说，过去的事情常常占据脑海，但在接下来这个星期天之前的三天里，老乔里恩很少去回想过去，这对他来说是很罕见的。相反，他开始期待未来，那些即将到来的美好时刻，就像是甜蜜的吻即将送到他的唇边。老乔里恩不再感到不安，也不再去那棵断树那里，因为伊琳要来家里吃午饭。邀请别人共进午餐有种奇妙的力量，任何疑虑都会消失，因为谁会拒绝这样温馨的相聚呢？他和郝丽在草地上玩了好几次板球，这次是他投球，她击球，这样等到暑假，她就能给乔里投球了。让郝丽给乔里投球是因为她不是福尔赛家的人，而乔里是福尔赛家的孩子——福尔赛家的人总是扮演击球手的角色，直到他们退休，甚至到了八十五岁也是如此。小狗伯沙撒在旁边帮忙，尽全力接球；球童跑来跑去捡球，脸红得像块大红布。

随着那一天越来越近，每一天都比前一天显得更长，也更充满阳光。到了星期五晚上，因为肋骨下的疼痛加剧（虽然不是肝脏那边，但他的肝痛药一直很管用），他吃了一片止痛药。如果有人告诉他，他找到了一种新的生活乐趣，但这对他并不好，他肯定会瞪大眼睛，那双深邃的铁灰色眼睛会坚定而有力地盯着对方，仿佛在说："我自己的事我自己最清楚。"确实，他一直都是这样，而且将来也会是这样。

星期天早上，郝丽跟着她的家庭教师去做礼拜了，老乔里恩则去了草莓园。在那儿，小狗伯沙撒陪伴着他，他仔细检查每株草莓，竟然发现了二十多个熟透的果子。弯腰对他来说挺费劲，搞得他头晕眼花，脸颊也泛起了红晕。他把草莓放在碗里，放到餐桌上，然后去洗了手，还用花露水抹了抹额头。照镜子时，他发现自己瘦了一些。年轻时他就瘦得像根竹竿！瘦是好的——他最讨厌胖子；但他的脸颊似乎太瘦了。伊琳预计中午十二点半到，然后会走路过来，穿过盖基农场，从树林的那头进来。他检查了琼的房间，确认了热水准备好，然后从容地出门迎接她，尽管他感觉到心跳加速。空气里弥漫着花香，云雀在欢唱，远处的埃普索姆赛马场看台清晰可见。天气真是太棒了！

毫无疑问，六年前索米斯建这房子前，也是在这样的好日子带波辛尼来看选址的。波辛尼挑中了这个理想地点——琼经常提起这事。这些天，他常想起那个年轻人，好像他的灵魂还在附近徘徊，想要看到——她。波辛尼——那个唯一占据她心房，让她倾心付出的人！当然，他这把年纪很难理解这种情感，但心里却升起一种模糊的苦涩——一种非个人的嫉妒情绪；还有更温柔的同情，没想到这段感情这么早就结束了。几个月就都结束了！唉，唉！走进树林前，他看了一眼手表——才十二点十五，还得等十分钟！转过小径，他看见了伊琳，就像第一次遇见时一样，坐在那棵断树旁，他意识到她一定是乘了最早一班车，独自在这里坐了至少两个小时。两个小时和她亲近的时间——就这样错过了！是什么旧情让她对这棵断树如此依恋？她从他的表情中读出了他的想法，便脱口而出："对不起，乔里恩伯伯，我是初次来这里时知道的。"

"是的，是的，你想来坐多久都可以。你看起来有点儿累；教琴教得太辛苦了。"

想到她不得不教琴，他心里很不舒服。和一群小女孩一起，教她们用胖乎乎的手指敲键盘！

"你在哪里教琴？"他问。

"大部分在犹太人家里，还好是这样。"

老乔里恩睁大了眼睛；在福尔赛家族所有人的眼里，犹太人都显得陌生而神秘。

"他们热爱音乐，而且心地善良。"

"嗯，这样才好！"他挽起她的胳膊——上坡时他的肋骨总会疼——说："你见过这么多黄毛茛同时开放吗？一夜之间就全开了。"

她的眼神在田野间自由飘荡，就像蜜蜂追逐花朵和花蜜一样。"我想让你看看这些花——所以我没让牛群出来。"他突然想起她来这里是为了波辛尼，便指着马厩上的钟楼说："我想他肯定不会让我加这个的——我记得他对时间没什么概念。"

但她挽紧了他的手臂，转而开始谈论起花来，他知道她这样做是不想让他觉得她是为她的爱人而来。

"我要给你看一朵最美的花，"他带着几分骄傲地说，"就是我的小孙女。她做完礼拜就回来了。我觉得她有点儿像你。"其实他应该说："我觉得你有点儿像她。"这样说他自己觉得也没什么不妥。嘿，她来了！郝丽走在前面，后面跟着那位年岁不小的法国女教师。这位教师在斯特拉斯堡被围城时就患上了胃病。郝丽在树下向他们跑来，但在离他们几步远的地方停了下来，拍了拍伯沙撒，好像那是她唯一关心的事。老乔里恩知道她是在害羞，便说："来，宝贝，这就是我跟你提过的穿灰色衣服的女士。"

郝丽挺直了身子，抬头望去。老乔里恩在一旁看着这两人的互动，伊琳微笑着，郝丽庄重地问候，渐渐露出害羞的笑容，然后又转为更严肃的表情。郝丽也有鉴赏美的眼睛，这孩子品位不错！看她们亲吻真是赏心悦目。"海隆太太，这是布斯小姐。布道怎么样，布斯小姐？"

他剩下的日子不多了，对教堂的兴趣仅限于与现实生活相关的布道。布斯小姐伸出一只戴黑手套的手，像鸡爪一样——她在许多有钱人家工作过——瘦削蜡黄的脸上，忧郁而愤懑的眼睛仿佛在问："你有教养吗？"每当郝丽或乔里做了她不满意的事——这种情况经常发生——她总是说："那些小泰洛从来不做这样的事——他们是非常有教养的孩子。"乔里最讨厌这些小泰洛，郝丽不明白她为什么总是赶不上他们。老乔里恩觉得她是个"肤浅无趣的怪人"——这就是布斯小姐。

午餐非常愉快，蘑菇是他亲自从蘑菇房里摘的，草莓是他精心挑选的，还有一瓶施泰因贝格的珍藏红酒——这一切都让他心情舒畅，但他也预感明天可能会皮肤过敏。饭后，他们在橡树下品尝了土耳其咖啡。布斯小姐的离开并没有让他感到遗憾。她每个星期天都要给妹妹写信，而她的妹妹曾经吞过一根针，这成了她未来的隐患，也因此她每天都提醒孩子们吃饭要细嚼慢咽。郝丽和小狗伯沙撒在斜坡下的毯子上玩耍，互相嬉戏抚摸；老乔里恩坐在树荫下，跷着二郎腿，抽着雪茄，专心致志地看着秋千上的伊琳。她穿着浅灰色的衣服，轻盈地摇摆着，阳光在她身上斑驳闪烁，双唇微微开启，眼睑轻轻垂下，遮住了温柔的深褐色眼睛。她看起来很满足；无疑，来看望他是对她有益的！老年人的以自我为中心没有真正影响到他，他仍然能从别人的快乐中感受到快乐，并意识到自己的需要，尽管有很多，却不是那么重要。

"这里很安静，"他说，"如果你觉得无聊，不用勉强来。但我觉得你挺开心的。我的小孙女是唯一能让我开心的人，除了你以外。"

从她的笑容中，他看出她并不排斥别人的喜欢，这让他安心。"这不是假话，"他接着说，"我心里喜欢一个女孩,但嘴上从不说。老实说，我不记得什么时候对一个女孩说过喜欢她，除了我妻子；但妻子总是有点儿奇怪的。"

他停顿了一下，然后又突然说："她总是要我说喜欢她，即使不喜欢也要这么说，这就不容易了。"

她的脸上浮现出一种神秘的忧郁，他担心自己说了什么让她难过的话，连忙补上："这只狗总是喜欢挠痒痒。"

接着是一阵沉默。这个一生都被爱情摧毁，又似乎与爱情绝缘，却天生为爱情而生的女子，她在想什么呢？有一天他去世后，她可能会找到另一个伴侣——不是那个冲动自杀的年轻人。哎呀！但她的丈夫呢？

"索米斯没有缠着你吧？"他问。她摇了摇头，脸色突然变得阴沉。尽管她温顺，但在某些事情上她绝不妥协。

老乔里恩的思想——属于维多利亚时代的早期，比他本身还要古老——从未考虑过这种原始的性别关系，现在才开始领悟到男女之间的仇恨可以如此深刻。

"这真是幸运，"他说，"今天你能看到大看台。我们要不要出去走走？"

他牵着她的手漫步在花果飘香的园子里，沿着高高的围墙，一排排的桃花和露水桃树在阳光下沐浴。他们穿过了马厩、葡萄藤架、种满蘑菇的小屋、翠绿的芦笋田、绚烂的玫瑰花园、精致的凉亭，甚至参观了种着小巧绿豆的菜地。一路上，他向她展示了许多有趣的东西，郝丽和她的小狗伯沙撒欢快地跑在前面，偶尔又会跑回来寻求大人们的注意。尽管这一下午走得很累，但这却是他最快乐的一段时间，所以当他终于能回到音乐室坐下来，享受她为他泡的一杯茶时，心里充满了喜悦。

郝丽领来了一位皮肤白净、头发剪得像小男孩一样短的小朋友。两个小女孩时而在楼梯下，时而在楼梯上，或者跑到走廊上，远远地一起玩耍。老乔里恩请伊琳弹奏几首肖邦的曲子。于是，优美的练习曲、激情的波兰舞曲和优雅的华尔兹旋律在房间里流淌开来。不久，两个小女孩也悄悄靠近，站在钢琴旁边，一个深褐色的头发，另一个金黄色的头发，都全神贯注地听着，而老乔里恩则深情地望着她们。

"来，你们俩跳个舞吧！"他提议。两个孩子害羞地答应了，一开始脚步还显得笨拙。她们摇摇摆摆，尽力旋转，虽然不是很熟练，但非常认真，随着华尔兹的节奏一次次掠过他的椅子边。他一边看着她们舞蹈，一边又瞥向那位弹琴人，只见她对着小舞者们微笑，他心里想："已经有多少年没见到这样美好的场景了。"

这时，传来了一声法语呼唤："郝丽！这算怎么回事？星期天还跳舞！你过来。"但两个孩子都躲到了老乔里恩身边，她们知道他会庇护她们，都盯着他那张看似"做了错事"却满是慈爱的脸。

"别介意，布斯小姐，是我要她们跳的。去吧，孩子们，去喝你们的茶。"他温和地说，化解了这一瞬的紧张气氛。

两个小朋友跑开了，小狗伯沙撒也跟着它们，毕竟它从不错过任何吃东西的机会。

老乔里恩朝伊琳眨眨眼，笑着说："看到了吗？这两个小家伙多招人喜欢啊！你的学生里也有这么大的吗？"

"有三个，而且有两个特别可爱。"

"长得漂亮不？"

"非常迷人！"

老乔里恩轻轻叹了口气，他总是对小孩子没有抵抗力，好像怎么也看不够。

"我的小心肝，"他继续说，"特别喜欢音乐，以后肯定是个音乐家。你该听听她弹琴，不过你可能不太乐意吧？"

"我当然愿意。"

"你可能不愿意——"他差点儿说出"教她"，但又忍住了。他其实不喜欢听她说起教学的事，但如果她愿意，那他就能经常见到她了。她从钢琴那边走过来，来到他的椅子旁边。

"我很乐意教她，只是问题在于——琼。他们什么时候回来呢？"

"至少要等到下个月中旬。这有什么关系吗？"

"你说过琼已经原谅我了，可是乔里恩伯伯，有些事情她是永远不会忘记的。"忘记？如果他希望她忘记，那她就必须忘记。但仿佛在回答他的想法，伊琳摇了摇头。

"你知道她忘不了的，人是很难忘记事情的。"总是摆脱不了过去的阴影！他无奈地总结道："那我们再看看吧。"

之后，他又和她聊了一个多小时，话题围绕着孩子们和其他一些日常琐事，直到马车来接她回城。她走后，老乔里恩重新坐回椅子上，摸着自己的脸颊和下巴，回味着这充实的一天。

吃完晚饭，他走进书房，抽出一张信纸。他在那里坐了好几分钟，笔尖悬空，没写下一个字，然后起身站在那幅《夕阳里的荷兰渔舟》画前。其实，他心里想的并不是画，而是自己这一辈子。他想在遗嘱里留给她一些钱，这个念头比什么都更能搅乱他平静的心湖，触及心底的记忆深处。他想把自己的部分财产——那也是他一部分的梦想、事业、品格和成就——给她，总而言之，就是他按部就班积累起来的生活。哎呀！他还有什么没享受到的呢？"荷兰渔舟"静静地不说话；他走到窗边，拉开窗帘，推开窗。一阵风溜进来，黄昏里，一片被园丁遗漏的枯老橡树叶在走廊上缓缓滚动。除了落叶的沙沙声，四周一片宁静，空气中还飘着新浇过水的向日葵的芳香。一只蝙蝠匆匆飞过。一只小鸟发出最后一声鸣叫。在橡树的枝头，第一颗星星探出了头。在那出歌剧里，浮士德为了换取几年青春，把灵魂卖给了恶魔。多么荒谬的想法！真正悲哀的是这样的交易根本不存在，人不能重新去爱、去生活、去感受。一切都来不及了，只能趁活着的时候，多看看她的美丽，并在遗书中为她保留些什么吧。但是，留多少合适呢？温柔又轻松的夜晚，就像眺望外面的乡村景色解决不了这个问题一样，他转身走向壁炉架。上面摆放着他的小收藏品——一座胸口插着小毒蛇的克娄巴特拉铜像，一条猎狗逗弄着它的幼崽，一个壮汉驾驭着几匹烈马。"它们不会消失！"他心里酸酸地想，它们还能存在上千年！"到底多少呢？"至少得够她生活无忧，不会因为生活的重担而过早衰老，尽量让皱纹远离她的脸颊，不让白发染上她的金发。他或许还能再活个五年。那时候，她就三十好几了。

"多少才够呢？"毕竟，他们之间没有血缘关系！自从他结婚，建立起那个叫作"家"的神秘东西以来，四十年过去了，他一直遵循着一个原则，现在这个原则提醒他：不是自己血脉的人，是没有权利继承财富的！所以，这是个过分的想法，是奢侈，是老年人任性的幻想，是老糊涂了才会做的事。他从那些铜像前转过身，看着那张他常坐的老皮椅，想象着自己在那里抽过无数次雪茄。突然，他仿佛看到她穿着淡灰色的衣服坐在那里，带着淡淡的香气，温婉又优雅，深棕色的眼睛正对着他！为什么呢？她心里并没有他，说真的，她心里满满都是她那位已逝的恋人。但不管怎样，她就在那里，用她的美丽和气质给他带来快乐。你没有权力要求她陪伴一个老人，没有权力要求她为你弹琴，更没有权力把她当作观赏的对象！在这个世界上，快乐是要付出代价的。"多少呢？"反正，他有的是钱，他的儿子和三个孙子孙女少了这点儿钱也不会怎么样。这些钱都是他自己挣来的，几乎每一分钱都是；他想给谁就给谁，至少在这件事上，他可以让自己任性一回。他回到书桌前。"我要给，"他想，"不管别人怎么想。我就是要给！"然后，他坐下来，开始写了起来。

"给多少才合适呢？一万还是两万？"他琢磨着，只要这些钱能让他重温一年，哪怕就一个月的青春时光，那可真是太值了！念头一起来，他的笔就像飞一样，在纸上落下字迹：

海林先生：

请在我留给世界的最后的话里添一句吧："我想给我的任

儿媳妇，就是那个名字从伊琳·福尔赛变成现在大家都知道的伊琳·海隆的姑娘，留下一万五千英镑，记得，这钱不用扣遗产税哦。"

你的老友：乔里恩·福尔赛

信封封好了，邮票也贴上了，他走回窗前，深深吸了一口外面的空气。天黑了，星星们一个接一个地开始眨眼，好像变得更亮堂了。

四

老乔里恩在凌晨两点突然醒了，生活经验告诉他，深夜里的想法总是特别夸张。但到了早上八点正常起床时，那些紧张感往往就变成了自寻烦恼。这次，他更担心的是，如果自己因为年纪大而生病倒下了，可能就没机会再见她了。而且，要是儿子和琼从西班牙回来，他们的关系肯定得结束。毕竟，她曾经"借"走了琼的心上人，这种人怎么还好意思再面对琼呢？虽然那个人已经不在了，但琼是个固执的人，对感情既热烈又执着，还特别记仇！他们预计下个月中旬回来，这意味着他只剩下五个星期去享受这份晚年的新乐趣。黑暗中，他的思绪越来越清晰。对美的欣赏，希望别人看着也舒服，这在自己的年龄确实有点儿滑稽。可是，除了这个原因，还有什么能解释琼会受这么大刺激，儿子和儿媳又怎么会不把他当怪人看呢？最后，他决定偷偷一个人去城里见她，但这趟旅程对他来说很累，万一病了就连这也做不到了。他睁着眼躺在床上，硬着头皮想象未来的画面，一边责怪自己太糊涂，一边感觉心跳忽快忽慢。直到窗外透出微光，鸟儿开始唱歌，公鸡打鸣，他才又沉沉睡去。醒来时，身体虽累，但脑子却清醒了。接下来的五个星期，他不用再为此操心，但对这个年纪的他来说，这时间就像一个世纪那么长！尽管夜晚的焦虑留下了一些影子，但对于一向随性生活的他来说，这反而让他更有精神了。他要尽可能多地见她！干吗要写信呢，直接去城里找律师修改遗嘱不是更好吗？说不定她还喜欢看歌剧呢！不过，得坐火车去，不能让那个胖马车夫倍根在背后偷笑。仆人们总是那么八卦，搞不好他们早就知道伊琳和波辛尼的事了——仆人嘛，总能知道很多，就算不知道也会瞎猜。于是，那天早上，他给伊琳写了封信：

亲爱的伊琳：

我明天要去城里办点儿事。如果你愿意，我们可以一起吃个安静的晚饭，然后看场歌剧怎么样？不过去哪里好呢？我已经好几十年没在外面吃过饭了，通常都是在俱乐部或者朋友家里。啊，对了！那边靠近科文特花园的新大饭店……就这样定了，晚上七点在皮德蒙特饭店见面吧。明天早上请在饭店给我留个言，告诉我你会不会来。

乔里恩·福尔赛

她会理解他只是想让她开心一下；他不想让她猜到他其实超级想见她，这种感觉让他心里有点儿别扭。毕竟这把年纪了，还这么急着见一个美女，好像有点儿不合时宜。

第二天进城的路程虽然不远，加上去了律师事务所，他还是觉得挺累的。天气又热，换完衣服后，他在酒店的沙发躺了会儿，准备休息一下吃晚饭。他应该是昏过去了，醒来的时候感觉怪怪的，勉强站起来按了铃。"发生了什么！都已经七点了！我还在这儿，她一定在楼下等着呢。"突然他又一阵眩晕，只能再次躺回沙发上。他听见女仆问："您需要帮忙吗，先生？"

"是的，你过来。"他看不清她的脸，视线有点儿模糊，"我有点儿不舒服，给我拿点儿嗅盐来。"

"好的，先生。"她的声音听起来有点儿紧张。

老乔里恩努力撑着。

"别走开。帮我给我的侄媳妇捎个信儿，就是那位穿浅灰色衣服的女士，她在楼下大厅等着。告诉她福尔赛先生身体不舒服，可能是中暑了。非常抱歉，如果我暂时下不去，晚饭就不用等我了。"

女仆走后，老乔里恩虚弱地想着：我怎么知道她是穿着浅灰色衣服呢？也许她换了别的颜色。嗅盐！这次他没有再晕过去，但伊琳怎么来到他身边，把嗅盐递到他鼻子前，还在他头下放了个枕头，他完全没印象。他听见她焦急地说："哦，乔里恩伯伯，你怎么了？"老乔里恩模模糊糊感觉到伊琳的嘴唇温暖地贴在他的手上；然后他深深地吸了一口嗅盐，突然有了力气，打了个喷嚏。

"嘿！"他说，"没事了。你怎么上来的？下去吃饭吧，戏票在梳妆台上。我很快就会好的。"

他感觉到她冰凉的手摸了摸他的额头，闻到了紫罗兰的香味，心里美滋滋的，但又努力想坐起来。

"哎呀！你真的穿了件灰色衣服！"他说，"帮我一把，起来。"稳住脚跟后，他振作了一下精神。"真是丢脸啊！"他慢慢走向镜子。镜子里的脸色苍白得吓人！

她在他背后说："乔里恩伯伯，你不能下楼，得休息。"

"不行！一杯香槟我就能活蹦乱跳。不能让你错过歌剧。"

可是在走廊里走得好辛苦，这新式酒店的地毯太厚了，每走一步都像要摔倒！进了电梯，他看见她一脸担心，就挤出一丝笑容说："我这个东道主可不合格啊。"

电梯停了，他紧紧抓着扶手怕摔跤；但一碗汤和一杯香槟下肚后，他感觉好多了，很高兴她这么关心他。

"我真希望有你这样的女儿。"他突然说；看到她眼里含着笑意，他又补了一句："在你这个年纪，不要总想着过去；等你到了我这个岁数，有的是时间回忆。这件衣服很好看——我喜欢这样的你。"

"要懂得享受生活，"他说，"把这杯喝完。我希望你脸色红润一点儿。我们要珍惜每一刻，必须这样。今晚的玛格丽特是个新人；希望她别太胖。还有梅菲斯特也是新面孔——在我看来，没有比一个胖乎乎的恶魔更让人受不了的了。"

结果他们还是没去看歌剧，因为吃完饭一站起来，他又头晕了，伊琳坚持让他好好休息，早点儿睡觉。他们在酒店门口告别；他帮她叫了辆车回切尔西，付完车钱后，他稍微坐了一会儿，回味着她说的那句："乔里恩伯伯，你对我太好了。"

谁不愿意对你好呢？他真想多留一天，带她去动物园，但连续两天见她可能会让她烦！不行，他得等到下周日；她答应会来看他。到时候再商量教郝丽弹琴的事，哪怕只有一个月也好。那个布斯小姐肯定会不高兴，但没办法。他把帽子压在胸前，朝电梯走去。

第二天早上，他坐上马车前往滑铁卢车站，心里一直在嘀咕：带我去切尔西吧。但硬是憋住了没说出来，觉得这样太过分了。而且，他感觉自己身体还没恢复，昨晚那样失态的事不能再发生，尤其是在外面。更何况，郝丽在家里盼着他回去，还有他给她带的小礼物。倒不是说他的小甜心对他不够真心——她那颗小心脏满满都是爱。不过，用他老年人特有的尖锐眼光，他琢磨了伊琳对他的态度是不是也有点儿做作。不对，她不是那样的人。只能说，她太不了解什么对她有利，对钱一点儿概念都没有，可怜的孩子！而且，关于遗嘱上加的那一笔，他一个字也没透露，也不打算说——这样挺好。

郝丽坐着大马车来车站接他，还带着小狗伯沙撒；回家的路上，看着郝丽和小狗亲密的样子，真是舒心极了。天气晴朗又热，接下来的两天多时间里，他心情很平静，坐在树荫下休息，看阳光像金色雨点一样洒在草坪和花朵上。但周四晚上独自吃饭时，他又开始数日子了；还要再等两天半，六十五个小时，才能去小树林接她，陪她沿着田间小路走上来。他本想请医生看看他的眩晕问题，但那医生肯定要

他静养，不让他劳累什么的；他不想被这样限制，被当作病人照顾——就算真是病人也不行；在这个年纪遇到这种新鲜事，他连听都不想听。给儿子写信时，他也小心地没提眩晕的事；生怕他们会连夜赶回来！其中，有多少是为他们考虑，怕打扰他们的快乐，又有多少是为他自己，他也没心思细究。

那天晚上，坐在书房里，抽完雪茄，困得快要睡着时，老乔里恩突然听到衣服摩擦的声音，闻到了紫罗兰的香气。他睁开眼，看见伊琳穿着灰色的衣服，站在壁炉旁，双臂伸出。奇怪的是，虽然什么都没抱，但手臂弯得像是搂着一个人的脖子；她自己的脖子往后仰着，嘴唇微启，眼睛紧闭。不久，她就消失了，只剩下了壁炉架和上面的铜像。但在那一刻，他只看到壁炉和墙，铜像和壁炉架全没了！他既惊讶又不安，自己站了起来。"我得吃药了，"他想，"一定是病了。"老乔里恩心跳得厉害，胸口像哮喘发作一样闷。他走到窗边，推开窗户透气。远处有狗吠声，应该是盖基农场那只狗，在小树林那边。夜晚很安静，也很黑。"我肯定是睡着了，"他想，"就是这个原因！但我敢保证我是睁着眼睛的！"传来一声叹息，像是在回答。

"什么？"他大声问："外面是谁？"

他轻轻按住胸口，让心跳慢慢恢复正常，然后一步步走到走廊上。黑暗中有个毛茸茸的东西嗖地蹿过。"呼！"原来是那只大灰猫。他心里嘀咕："波辛尼就像只大猫咪！因为他在这里，所以她——所以她——他还缠着她呢！"

他走到走廊尽头，向下望进那片黑暗；隐约可以看到草地上点缀着几朵小白菊！今天开了，明天就会谢掉！月亮升起来，照亮一切，不管年轻还是年老，无论活着还是逝去，它都毫不在意！很快就要轮到他了。要是能换回一天的青春，他愿意用余生全部交出去！

他转过身，再次回到房间，抬头看向孩子的窗户。他的小甜心应该已经睡熟了。"但愿那只狗别把她吵醒！"他想，"是什么让我们去爱，又让我们走向死亡呢？我该去睡了。"

踏着月光洒下的银白色走廊，他走进了自己的房间。

五

一个老人，如果不沉浸在那些未曾虚度的岁月幻想里，还能怎样过日子呢？在回忆里，至少没有炽烈的情感，只有淡漠如冬日阳光的日子。身体只能承载回忆这台轻柔的机器，对现在保持疑问，对将来避而不谈。在葱郁的树荫下，他应该静静看着阳光一点点地在脚边移动。即便夏天的气息扑面而来，他也不该误入阳光下，以为那是十月温暖的太阳！这样，他或许就能悄无声息，慢慢地，无痛无痒地衰退，直到有一天，创造他的神在某个清晨，世界还在沉睡时，轻轻捏住他的喉咙，让他在喘息中离开，然后人们在他坟前立起一块碑：寿终正寝！没错！如果他严格遵守这些原则，一个福尔赛家族的人也许能在死后继续"生存"。

老乔里恩清楚这一切，但他的性格中有一种超脱于福尔赛主义的东西。照理说，福尔赛不允许因为追求美而失去理智；也不允许为了满足欲望而置健康于不顾。但这些天，他心里涌动着一股激情，每一次起伏都在啃噬他日益脆弱的身体。他知道这一点，也明白自己无法阻止这股冲动，即使想停也停不下来。不过，如果你说他是在"消耗余热"，他会狠狠瞪你一眼。不，不对；人不能单靠"消耗余热"活着；那是不可能的！枯萎的老规矩比眼前的现实更显真实。他以前总觉得"消耗余热"是最不堪的，他绝对不能接受这种恶毒的说法用在自己身上。快乐是健康的源泉；美人值得欣赏；在年轻人中找回青春的感觉——除此之外，他还能做什么呢？

就像他一辈子做事那样，他现在把时间安排得井井有条。每周二，他会坐火车去城里，伊琳会来和他一起吃晚饭，之后他们一起去听歌剧。到了周四，他会乘坐马车进城，让胖胖的马夫和马车等着，他在肯辛顿公园和她见面，分开后再去找马车回家，正好赶上晚餐时间。他会随口说这两天有事情要到伦敦处理。周三和周六，轮到她来给郝丽上钢琴课。和她在一起越开心，他就越变得小心谨慎，总是板着脸，表面上只是个和蔼的伯伯。当然，感情也不容易表现出来——毕竟他已经这么大年纪了。但如果她迟到了，他就会变得焦虑不安。如果她没来，这种情况发生过两次，他的眼睛就会像伤心的老狗一样，晚上都睡不好觉。

就这样，一个月过去了，一个充满阳光的夏天，也是他内心的夏天，伴随着这样的夏日热情和疲劳。几周前，如果说他想到儿子和孙女回来就像是灾难一样，谁能相信呢！这几周的好天气，加上这里新建立的友情——对方不求回报，总带着一丝让人猜不透的神秘感，这让她显得更加迷人和亲近——让他感受到了自由的甜蜜，就像回到结婚前那种无忧无虑的生活。就像是一个很久没喝酒的人，突然尝到一口酒的滋味，他几乎忘了酒精对血液的冲击，对头脑的刺激。花儿的颜色变得更鲜艳，花香、音乐和阳光都充满了生命力——不仅仅是唤起过去的快乐回忆了。现在的生活变得有意义，不断带给他新的期待。他现在是活在当下，而不是活在过去；对于他这个年纪的人来说，这种区别是巨大的。他一向吃得不多，对美食也不太讲究，现在更是没什么胃口。他吃得很少，即使吃了也吃不出什么味道，一天天瘦了下来，又变成了一根"竹竿"。随着身体越来越瘦，他的大脑袋，两个凹陷的太阳穴，让他看起来更加严肃。他心里很清楚应该请医生来看看，但自由太宝贵了。他只是偶尔感到呼吸困难，肋骨下面有点儿疼，但这不足以让他放弃自由。

回到新乐趣出现之前那种平淡的生活，天天翻看着《农业杂志》里的甜菜放大图——绝对不行！他抽的雪茄也多了，以前每天两支，现在变成了三支，有时候甚至是四支——人在精神好的时候就会这样。但他经常想："我得戒掉雪茄和咖啡，也不能再这么急急忙忙地进城了。"但他并没有改变，没人有权力管他，这是最大的幸福。仆人们可能感到不解，但他们通常都是沉默的。布斯小姐只关心自己的胃病，而且很"有礼貌"，绝不会干涉私人事务。郝丽还小，看不出他外表的变化；对她来说，他只是她的玩具，她的守护神。所以只剩下伊琳关心他了，她总是劝他多吃，白天热的时候多休息，吃点儿滋补品之类的。但他没告诉她，他变瘦是因为她——人们往往看不见自己造成的伤害。一个八十五岁的人不会有太多激情，但美貌带来的破坏仍然和以前一样强烈，除非死神关上那双渴望注视她的眼睛，否则决不会停止。

在七月第二个星期的第一天，他收到了一封来自巴黎的儿子的信，信中说他们一家会在周五回家。这本该是个确定无疑的消息，但老年人常常贪恋眼前的快乐，怀着一种悲哀的想法，觉得自己能坚持到最后一刻，他一直不愿意承认命运的存在。但现在他承认了，并且得想办法应对。他无法想象没有这份新快乐的生活，但有时候未知的事情确实会发生，而且福尔赛家族常常在这样的事情上遇到阻碍。他坐在那张旧皮椅上，折好信，嘴里叼着一根还没点燃的雪茄。从明天开始，他每周二进城的习惯就必须放弃了。也许，他还可以每周乘马车进城一次，借口去看经理人。但这也要看他的身体状况，因为他们可能会开始担心他。还有钢琴课！钢琴课必须继续！伊琳不能有任何疑虑，琼得控制好自己的情绪。琼曾经经历过一次，在波辛尼去世那天，既然那时候能挺过来，现在也能。那次打击已经过去四年了——这么久还记恨过去的事，无论是对自己还是别人，都不公平。琼很坚强，他更坚强，毕竟他已经是风烛残年了。伊琳很温顺，为了他，她一定会愿意这么做；虽然会有顾虑，但她宁愿自己受点儿委屈，也不愿让他难过。钢琴课必须继续，只要她愿意教，他就有了保障。最后，他点燃了雪茄，开始思考怎么解释这种奇怪的亲密友谊，又怎么掩饰这个赤裸裸的事实——不能说是为了看美女，没有美女就活不下去。哦，郝丽！郝丽很喜欢她，也很喜欢上钢琴课。她会帮助他的——这个小天使！这么一想，他心里就踏实了，还奇怪自己刚才为什么会那么紧张。他不能紧张，紧张后总是感觉身体更虚弱，好像灵魂只剩一半了。

那天晚饭后，他又晕眩起来，但没有晕倒。他不想按铃叫人，知道这样全家人都会慌乱，第二天进城也会更引人注意。人老了，好像全世界都在悄悄限制他的自由；但这又算得了什么呢？不过是让他多喘几口气罢了。他不想这样牺牲自己。只有小狗伯沙撒看到了他慢慢地独自起身，然后打开柜子，倒了一杯白兰地喝，却没有给它一块饼干。当他觉得自己可以走上楼梯时，就上床睡觉了。第二天早上，虽然感觉还有点儿摇晃，但想到晚上就能见到她，他又打起了精神。请她吃一顿美味的晚餐总是让他很开心——他总觉得她一个人住时，吃得肯定很简单；坐在歌剧院里，看到她眼里闪着快乐的光芒，嘴角不自觉地露出微笑，他也非常高兴。她平时没什么娱乐，这次是他最后一次款待她了。但在准备行李时，他想起晚餐前还要换衣服，很麻烦，而且告诉她琼要回来也不容易；要是没有这些麻烦就好了。

那天晚上的歌剧是《卡门》，他直到最后一幕休息时才告诉她这个消息，不自觉地等到快开场时才说出口。她听了之后没说话，真奇怪；实际上，他还没来得及了解她的反应，音乐就响起来了，大家都要保持安静。她的脸像戴了面具一样；面具后面，她可能有很多想法，但他看不到。当然，她需要时间思考！他不催她，反正明天下午她还会来乡下上课，到时候她已经想好了，看看她怎么说。在马车上，他只和她聊《卡门》；虽然他觉得以前看过的更好，但这部也不错。当他握着她的手告别时，她迅速弯下腰，在他的额头上轻轻吻了一下。

"再见了，亲爱的乔里恩伯伯，您对我真的太好了。"

"那我们明天见，"他说，"晚安，睡个好觉哦。"

她轻声回答："晚安，好梦！"当马车即将启动时，他通过车窗看到她转过身朝向他，一只手伸出，似乎有些舍不得。

他缓缓地回到旅馆的房间。他从不重复住同一间房，这些新装修的卧室、配套的新家具、灰绿色带粉红花朵的地毯，都让他感到不太习惯。他躺着很清醒，那首令人头疼的哈巴涅拉曲子一直在他脑海里盘旋。他法语懂得不多，但这首曲子的含义，他也明白，那是讲述一个放荡又神秘的吉卜赛女郎。没错，生活中确实有一种神秘的力量，能推翻所有的考虑和计划——让男男女女都跟着它的节奏起舞。他躺在床上，深陷的眼睛盯着黑暗，那黑暗仿佛被某种神秘力量控制。你以为你掌握了生活，其实生活却偷偷绕到你背后，拧着你的脖子，让你东奔西跑，最后，很可能，夺走你的生命！谁能说清，即使是决定人类命运的星辰，也可能被这股力量逗弄，时而紧抓，时而放松，像一场永不结束的游戏。在这个热闹的大城市里，数百万的人们就像桌上的棋子，全由生活的主宰操控。唉！他自己也跳不了多久了——宁静的长眠对他来说是种解脱！

楼上多么热啊，多么吵！他的额头热得发烫；她刚才就在他经常不舒服的额头上亲了一下；就是那里——好像她知道那个地方，特意要亲一下。但这一下，不仅没有缓解，反而留下了一种更加不舒服的感觉。她从未用过那种语气说话，从未表现出那种依依不舍，或是离开时那样回头张望。他从床上爬起来，拉开窗帘；窗外是泰晤士河。空气很闷，但看到平静无尽的河水流动，他的心情稍微好了些。"最重要的是，"他想，"别让自己变成一个令人讨厌的老家伙。我想想我的小甜心，然后入睡。"但伦敦夜晚的闷热和喧嚣久久不散。夏天的早晨睡眠总是短暂。老乔里恩只是眯了一会儿眼。

　　第二天回家后，老乔里恩跑到花园里，在郝丽的帮助下——她的手很温柔——摘了一大束石竹花。他告诉郝丽，这些花儿，是要给"穿浅灰衣服的女士"的——这是他们之间的昵称。他把石竹花放在书房的一个大花瓶里，打算等伊琳一来就送给她，希望在谈琼和继续教琴的事时，她能妥协。这些花儿的香气和色彩很有帮助。午餐后，他感到很累，就去躺了一会儿，因为马车要到下午四点才会去车站接她。但接近四点时，他变得焦虑起来，自己去了那间对着车道的教室。郝丽和布斯小姐都在那里，拉上了遮阳帘，抵御七月的酷热。她们在照顾蚕宝宝。老乔里恩天生不喜欢这些有规律生活的小东西，蚕的头和身体的颜色让他想起大象；它们把绿叶啃得千疮百孔；还有那股难闻的味道。他在靠窗的一张印花布长椅上坐下，从这里可以看到车道，勉强呼吸到一点儿新鲜空气；小狗伯沙撒在热天里特别喜欢印花布，也跳上来坐在他旁边。小钢琴上铺着一块淡紫色的布，现在已经变成了浅灰色；上面放着一瓶早开的紫罗兰，房间里弥漫着紫罗兰的香气。尽管屋里还算凉快，也许正因为凉快，生命的脉动在他脆弱的神经上留下了强烈的印记。每一束从窗户缝隙射进的阳光都异常刺眼；狗身上的味道也很浓烈；紫罗兰的香味更是扑鼻；那些蚕拱起灰绿色的背，显得异常活跃；郝丽低头看蚕时，深棕色的头发亮得像丝绸。当你老了，生命就是这样一个奇妙、残忍而强大的东西；它的丰富多彩和跳跃的生命力似乎在嘲笑你。他这辈子从未像最近这几个星期一样，感到自己的一部分随着生命的河流漂流，另一部分却站在岸边看着水流逝去。只有和伊琳在一起时，他才不会有这种分裂的感觉。

郝丽转头，用她的小黑拳头俏皮地指向钢琴上的灰色毯子——用一根手指指东西可不够"淑女"——机灵地说："爷爷，你看'浅灰衣服太太'，今天是不是特别漂亮？"老乔里恩心里一颤，瞬间房间似乎都模糊了；随即又恢复了清晰，他眨眨眼问："是谁铺的？""是布斯小姐。""郝丽！别胡闹了！"这个保守的小法国女士！她对不能教琴的事耿耿于怀。但这没用。他的小宝贝是他们唯一共同的朋友。教琴是为了他的小宝贝，和其他人没关系。他不能让步——无论如何也不能。他轻轻拍了拍伯沙撒温暖的毛，听到郝丽说："妈妈回来后，会不会改变主意呢？你知道，她不喜欢陌生人。"郝丽的这两句话好像把老乔里恩周围的反对声音聚集了起来，揭示了所有对他新建立的珍贵友谊的威胁。哎呀！他要么甘心做那个需要别人照顾的老头儿，要么就得为这份新得到的珍贵友情努力争取；但争取让他疲惫不堪。然而，他那瘦削憔悴的脸庞却绷紧了，显出坚定的神色，整个脸看起来只剩下突出的下巴。这是他的房子，他自己的事情；他绝不能让步！他看了看手表，那表和他一样老旧，一样纤细；这块表已经跟随他五十年了。下午四点都已经过了！他顺便亲了亲郝丽的头顶，走下楼到了大厅。他要在她上楼教课之前找到她。一听到马车的声音，他就走到门廊外，立刻发现马车里空无一人。"火车到了，先生，但是夫人没来。"老乔里恩对马车夫露出严肃的表情，抬头向上，眼神似乎在推开对方的好奇，不让对方看出自己深深的失落。"知道了。"他说完，转身回到屋内。他走进书房坐下，颤抖得像一片落叶。这到底是怎么回事？她可能错过了火车，但他知道事情没那么简单。"再见，乔里恩伯伯。"为什么不说"晚安"而说"再见"呢？还有那留恋的手势，悬在半空。还有那个吻。这一切意味着什么？他感到非常焦虑和愤怒。他站起来，在窗子和墙之间的土耳其地毯上来回踱步。她是要离开他了！他可以肯定这一点，但他无计可施。一个老人竟然渴望美丽！多么荒谬！年龄限制了他的欲望，使他的抗争变得无力。所有温暖、有生命力的东西他都不配拥有，什么也享受不到，只能拥有回忆和痛苦。他甚至不能恳求她；即使是个老人也有自己的尊严。不行！有一阵子，他完全忘记了身体的疲惫，不停地走着，经过那瓶石竹花时，花香似乎在嘲弄他。对于一个一贯随性的人来说，所有尴尬的事情中，最难以忍受的就是自己的意愿遭到挫败。他觉得自己像是被上帝网在了渔网中的一条忧伤的鱼，在网眼里挣扎，游来游去，寻找出口，却找不到一个洞，一丝裂缝。下午五点钟时，仆人端来了茶，还有一封信。他的心中一瞬间又燃起了希望。他用黄油刀小心地打开信，读道：

亲爱的乔里恩伯伯：

　　写这封会让你失望的信，我真的很心疼，但昨晚太胆小，不敢当面告诉你。我觉得既然琼要回来了，我就不能再给郝丽上钢琴课了。有些伤痕太深，很难忘记。也许有时候我会在城里遇见你，但我清楚这样不太好；我知道你已经够累了。

我觉得你应该在这么热的天气里多休息，现在你儿子和琼都要回来了，你应该很开心。我非常感激你对我的好意。

伊琳敬上！

追求快乐，做喜欢的事，却都不适合；试着驱散那濒临死亡的心情，不让自己感受到结局的必然，察觉到死神悄悄靠近的脚步！都不适合！连她都没看出她是他的长寿药，没看出她是他的美！他的茶凉了，雪茄没点；他来回走着；又要面子，又不舍，真是两难啊！真难受！就这样消耗着自己；一句话不说就把自己交给别人，让人伺候，被关照压得喘不过气来；这样活真难受！

老乔里恩想跟伊琳说实话；说他真心想见她，不只是舍不得，这样说不行吗？他在旧桌子前坐下，拿起笔。但写不出。求人，太傻了，像承认老糊涂，不能这样。反倒是写道：

我本希望过去的伤痛不影响我们的快乐和利益，尤其是我和小孙女的。但随着年龄增长，得学会放手不可能的事；包括生活的幻想，早放手为妙。换句话说，就是要放下过去，不让它阻碍现在的幸福，哪怕是对生活的美好想象，也需要适时放下，这样才能活得更加轻松愉快。

乔里恩·福尔赛

他坐在那里，心里既无奈又疲惫。他已经拼尽全力，但还是改变不了什么。他把信装好，扔进了邮箱，希望它能和其他晚上的邮件一起寄出去。当听到信掉进邮箱最下面的声音时，他突然觉得特别绝望，好像所有希望都没了。

晚上，他几乎没吃东西，抽了半支雪茄就感到晕乎乎的，只好停下来。他慢慢走上楼，悄悄走进孩子的房间。他在窗边的长椅上坐下来，房间里开着一盏暗暗的小夜灯，照着孩子熟睡的小脸。一只大甲虫在糊着纸的窗户上嗡嗡叫，马厩里的马也不安地跺着脚。他多希望自己也能像孩子一样睡得那么香！

他拉开窗帘，往外看。月亮正升起来，红得像血一样。他从没见过这么红的月亮。外面的树林和田野，在夏末的微光中，看起来也困倦了。美好的景象像幽灵一样在他眼前飘过。

"我活得太久了，"他想，"几乎享受过所有的幸福。我总是不满足；年轻时见过很多美丽的女孩。波辛尼说我知道什么是美。今晚的月亮真圆，好像里面有一张脸！"一只蛾子飞过去，然后是第二只，再然后是第三只。"浅灰色衣服的女孩啊！"他闭上眼睛。他忽然感觉好像再也睁不开眼睛了；他让自己沉浸在这种感觉里，然后他打了个冷战，努力睁开眼睛。他觉得有点儿不对劲，确实很不对劲；他知道他应该去看医生。但现在，这些都不重要了！

月光会偷偷溜进小树林，树林里的影子将是唯一醒着的东西。没有鸟兽，没有花和虫子；只有影子在动；"浅灰色衣服的女孩！"影子会爬到那棵断了的树干上，它们会聚在一起，小声说话。是她和波辛尼吗？这想法真奇怪！还有那些青蛙和小虫子也会开始小声聊天！

屋里的钟嘀嗒作响！窗外全都被红月亮的影子覆盖着，感觉很吓人；房间里也是这样。微弱的小夜灯，嘀嗒的钟声，保姆的外套挂在屏风上，看起来像一个女人的身体。"浅灰色衣服的女孩！"他突然有个奇怪的想法："她真的存在吗？她来过吗？或者她只是他曾经爱过，现在即将失去的所有美好事物的象征？或者她只是一个穿着淡灰色衣服，有着深棕色眼睛和琥珀色头发的精灵，在风信子盛开的季节，在月光下漫步？"

他站起来，手扶着窗框，站了一会儿，让自己回到现实世界。然后他踮起脚尖，走向门口。当他走到床尾时，停下了；郝丽，好像感觉到他的目光，动了一下，叹了口气，身体蜷得更紧了，像是在躲避。他又踮起脚尖，穿过黑漆漆的走廊，回到自己的房间，脱掉衣服，穿着睡衣站在镜子前。他看起来瘦得皮包骨头，太阳穴凹陷，腿细得像竹竿！他的眼睛和镜子里的影子斗争着，脸上露出得意的表情。所有的一切都在试图打败他，连镜子里的影子也不例外，但他还没倒下！

他躺在床上，翻来覆去，很难入睡，尽量不去想那些烦恼和失望，他知道这对他的身体不好。第二天早上醒来时，他感到非常累，于是请来了医生。那个年轻的医生检查完后，脸色苍白，告诉他必须卧床休息，也不能抽烟。这样也好，反正起床也没什么意义，而且只要他不舒服，烟草就没味道了。

他拉上窗帘，随便翻看着《泰晤士报》，心神不宁。小狗伯沙撒陪在他床边，整个上午就这样懒洋洋地过去了。到了午饭时间，仆人拿来一封电报，上面写着："信收到了，下午去乡下，四点半见面。伊琳。"

他的心里充满了喜悦和期待，伊琳要来的消息给了他全新的活力。他的脸颊和额头微微发热，心跳加速，偶尔又似乎突然暂停。他就这样静静地躺在床上，等着用人收拾完餐具离开房间，留他一个人在安静中。他的眼神时不时闪烁着期待的光芒。

到了下午三点钟，他决定不再等待，小心翼翼地起身穿好衣服，尽量不弄出声响。他想着郝丽和布斯小姐可能还在上课，用人可能正在午睡。他轻轻地开了门，悄无声息地下了楼。小狗伯沙撒在客厅里打盹儿，看到他后跟着进了书房，再一起走到外面温暖的午后阳光下。

他本想走到小山丘下，到小树林里去迎接她，但很快发现天气太热，自己受不了。于是他改变了计划，坐在秋千旁的树下，伯沙撒也因为热，就在他旁边趴了下来。他坐在那里微笑，沉浸在夏日的宁静与美好之中。昆虫的鸣叫声和鸽子的咕咕声，交织成了一曲夏日的和谐乐章。他感到格外开心，就像一个没有任何烦恼的孩子。

他期待着她的到来，这证明她并没有忘记他。他拥有了生活中的一切，只是缺少了一些体力和体重。他想象着和她见面的场景，她会从蕨类植物丛中走出来，穿着那件浅灰色的衣服，轻摆着腰肢，跨过铺满白菊花、蒲公英和戴着"花盔"的兰花（"兵士"）的草地。他决定坐着不动，她会走到他跟前，说："亲爱的乔里恩伯伯，对不起！"然后坐上秋千，让他可以凝视着她，听她讲述自己生了点儿小病但现在已经好了的故事；伯沙撒会去舔她的手，因为它知道主人喜欢她，它是一只懂得人心的好狗。

树荫遮挡了阳光，让他避开了直射的光线，四周的世界却因此显得更加明亮。他远远地看着埃普索姆赛马场的大看台，看见奶牛在田里悠闲地吃着苜蓿，甩着尾巴驱赶着苍蝇。空气中弥漫着椴树花和野薄荷的香味。难怪蜜蜂们如此忙碌地飞来飞去。这些蜜蜂既兴奋又勤劳，就像他的心情一样；它们也因为花蜜和幸福而显得有些迷醉，就像他那陶醉又恍惚的心。夏天，夏天，蜜蜂依然嗡嗡地唱着；大蜜蜂，小蜜蜂，还有那些苍蝇！

马厩上的钟楼敲响了四下，意味着她还有半小时就要到了。他决定稍微打个小盹儿，因为最近他睡眠不足；醒来后，他将以最好的状态迎接她——以最好的状态迎接青春和美丽，看着她在阳光照耀的草地上向他走来——那个浅灰色衣服的佳人！他靠在椅背上，闭上了眼睛。一片蓟绒被风吹动，轻轻拂过了他的白胡子。他并不知道，自己的呼吸让蓟绒粘在了胡须上。一束阳光穿透树荫，照在他的鞋子上。一只大蜜蜂停在他的巴拿马草帽上蠕动。一股温柔的睡意涌上来，他的头慢慢垂下，靠在了胸前。夏天，夏天！蜜蜂还在嗡嗡。马厩的钟敲响了四点半。伯沙撒伸了个懒腰，抬头看了看主人。蓟绒已经不再摇曳。伯沙撒把下巴放在了那只被阳光晒暖的脚上。脚没有动静。伯沙撒猛地抬起头，跳到老乔里恩身上，看了看他的脸，然后叫了几声；接着跳下来，坐在地上，抬头凝视；突然，发出了一声悠长的哀号。但是，蓟绒和主人的脸都静止得仿佛进入了永恒的沉寂——夏天，夏天，夏天！草地上传来了轻柔的脚步声！

如梦初醒

　　七月的某天下午，罗宾希尔庄园沐浴在宁静的阳光之下。五点的阳光透过宏大的天窗，慷慨地铺洒在大厅的每一个角落，使得整个空间明亮而开阔。宽阔楼梯的转折处，阳光与阴影交织出一片光与影的游戏场。乔恩·福尔赛就站在这一片光影交错中，身着一套淡蓝色的亚麻套装，他的头发在阳光的照射下显得格外蓬松而闪亮。他微蹙眉头，沉浸在自己的小世界里——等爸爸妈妈回家时，该怎样下楼梯去迎接他们呢？是一鼓作气跳下四个或五个台阶？这太老套了吧！要不沿着楼梯扶手滑下来？脸朝下，脚先着地怎么样？太平凡了！那要是肚皮贴着扶手横着滑呢？听起来太孩子气了！背朝下直接滑下去？那绝对不行！要不尝试脸朝下，头先脚后的滑法？这可是个独特的创意。这些奇思妙想在他那被阳光照耀得格外生动的脸上一一闪过，让他显得既兴奋又有点儿迷茫。

　　乔恩的名字简单至极，即便是最激进的语言简化主义者也可能忽略他的存在，更不会将他当作某种信仰的象征。但实际上，每个人都可以选择简化自己的名字，乔恩就是这么做的。他的全名其实是乔尔扬，但因为父亲以及已故的同父异母哥哥都叫这个名字，他们分别占据了"乔"和"乔里"这两个昵称，所以他只好采用"乔恩"这个较为罕见的简称。

在1909年的那个夏天，乔恩小小的世界里，除了马夫鲍勃和奶妈"嗒嗒"，最重要的就是爸爸了。鲍勃擅长演奏六角手风琴，总能弹奏出欢快的旋律。而奶妈"嗒嗒"则是那么有趣，每个星期天都会穿上她那件深紫色的裙子。至于妈妈，她就像是从梦境中走出的仙女，身上总是带着淡淡的香味，轻柔地摸着他的脸庞，梳理着他那金色与棕色交织的头发，直到他沉沉睡去。有一次，他在育婴房不小心撞到了护栏，额头磕破了皮，妈妈心疼得不得了。每当夜幕降临，噩梦来袭时，妈妈就会坐在床边，紧紧抱着他，给予他无限的安慰。然而，妈妈似乎总是那么亲近而又遥远，毕竟日常生活中，都是奶妈"嗒嗒"在悉心照顾着他。唉，对于一个小男孩来说，心里的位置似乎只能容得下一位女性，至少在某个阶段是这样的。

乔恩和爸爸之间有个特别的共同点，那就是他们都热爱画画。乔恩梦想着长大后能像爸爸那样，成为一名画家。不过，他的画布有点儿特别，是家里的墙壁。每次作画，他都得搭起梯子，放块木板在中间，穿上那件沾满颜料的白围裙，站在上面，享受着画画带来的乐趣，连空气中弥漫的墙粉味都觉得格外好闻。爸爸还经常带他骑着名叫"老鼠"的小马，在里奇蒙德公园里奔跑。"老鼠"这名字是因为马的颜色像极了小老鼠。

乔恩的家庭条件很好，家里人包括爸爸妈妈还有仆人们，比如马夫鲍勃、厨师简、贝拉和他的奶妈，都对他非常友善。这样的环境让他觉得世界既温暖又自由，一切都那么美好。

1901年，乔恩来到了这个世界，那时候国家刚从疾病的困扰和战争的阴影中慢慢恢复过来。到了1906年，社会上倡导给孩子更多自由，不像以前那样严厉管教，希望能培养出更有创造力的孩子。

乔恩出生时，爸爸已经五十二岁了，性格温和，之前失去过一个孩子，妈妈三十八岁，乔恩是她唯一的儿子。乔恩很聪明，也很能干，在父母面前既不是一味顺从，也不调皮捣蛋。他感觉到妈妈在他爸爸心中非常重要，甚至超过他自己，但他不确定自己在妈妈心里的位置。他的同父异母姐姐琼，他叫她"阿姨"，因为她年纪大很多，但琼很爱他，就是有时候做事有点儿冲动。奶妈"嗒嗒"虽然对他照顾周到，但也有点儿严格，比如给他洗冷水澡，给他穿衣服时常常让他露出膝盖。

说到学习，乔恩有自己的看法，他认为孩子不应该被强迫学东西。他很喜欢他的法语老师，每天早上来教他两小时，除了法语，还教历史、地理和数学。妈妈教他弹钢琴，也非常有一套，总能巧妙地引导他从一首曲子弹到下一首，如果他不喜欢哪首曲子，妈妈也不会勉强。因此，乔恩反而很期待上钢琴课。爸爸还教会了他画那些快乐的小动物，比如小猪。虽然正式的学校教育不多，但作为有钱人家的孩子，他还是有机会接触到很多东西。奶妈"嗒嗒"有时会说，和其他孩子一起玩对他更好。

直到快七岁的时候，乔恩才真正理解了这话的意思。有一次，他想做一件事，但奶妈"嗒嗒"不同意，把他按在地上不让起来。这种突如其来的束缚让他感到非常害怕和无助，最让他难受的是，奶妈过了很久才发现他很难受。后来，虽然他不想告状，但为了防止类似的事情再次发生，他还是告诉了妈妈："妈妈，别让奶妈'嗒嗒'再这样对我了。"

母亲正在梳理她那头秀发，双手高高地举着两条辫子。乔恩的话让她惊讶地瞪大了眼睛："好的，亲爱的，我保证不会让这种事情再发生。"

母亲那温柔体贴的反应让乔恩心里暖洋洋的。有天早餐时间，他躲在桌子底下，等着他最爱的蘑菇出现，无意间听见了母亲和父亲的对话："亲爱的，你来还是我来跟奶妈'嗒嗒'谈谈呢？她对乔恩似乎太过严格了。"父亲沉吟片刻，回答说："确实不该这样。我们福尔赛家的人哪怕是一分钟的压迫也受不了。"乔恩听着父母的对话，蜷缩在桌下，既尴尬又羞涩，尽管蘑菇诱惑着他，他还是没敢出来。

这次经历让乔恩初次尝到了人生中淡淡的哀愁。而更深刻的伤感随后到来，他在牛棚喝新鲜牛奶时，目睹了克拉芙的小牛犊不幸离世，这让他伤心欲绝。奶妈"嗒嗒"紧张地跟在他后面，而乔恩第一时间冲去找她，随即意识到自己更需要的是父亲，最后投入了母亲的怀抱中哭泣："克拉芙的小牛犊没了！呜呜，它那么小，那么柔软！"母亲紧紧抱着他，安慰说："是的，宝贝，好了，不哭了。"他的眼泪渐渐停了下来。但这件事让他意识到，不仅仅是小牛，所有生命——蜜蜂、苍蝇、小鸡，甚至是那些看似坚硬的东西——都有可能消逝，这让他感到无比的恐惧和悲哀，尤其是想到这一切很快就会被人遗忘。

接下来的遭遇同样难忘，乔恩不小心坐到了一只黄蜂上，这对他来说又是一次痛苦的经历。奶妈"嗒嗒"对此不太理解，而母亲则完全明白乔恩的感受。之后，生活归于平静，直到年底，乔恩生病了，身上长满了疹子，看起来非常可怜。他躺在床上，享受着蜂蜜和蜜橘的甜蜜，觉得这就是生活的美好。琼"阿姨"在他病初时从伦敦赶来，带来了许多书籍，这些书籍激发了他的想象力，书中描绘的海军学员、单桅帆船、海盗、木筏、檀香木商、铁马、鲨鱼、战役、鞑靼人、红皮肤印第安人、热气球、北极探险等故事，让他如痴如醉。

康复期间，乔恩开始在床上自导自演冒险剧，当他一个人时，就让床变成一艘船，在"大海"（地毯）上航行，利用家具作为道具，比如用平底玻璃杯当望远镜，用毛巾架和茶盘搭建木筏，用橘子皮制作假想的饮料来预防"坏血病"。有一天，他用床单和垫枕造了一只"北极熊"，还有一艘由挡泥板改造的"桦树皮独木舟"。在与自制的"北极熊"一番激战后，他勇敢地"驶向"了北极，完成了一场奇妙的冒险。

之后，为了激发乔恩更多的想象力，爸爸给他买了几本书，像是《艾凡赫》《贝维斯》和一本讲述亚瑟王的书，还有《汤姆·布朗的学校生活》。读完《艾凡赫》，乔恩用了三天在自家后院搭了个小堡垒，然后扮演书中的勇士攻打假想敌"牛面将军"，除了瑞贝嘉和罗维娜，他几乎一人分饰多角，喊着"冲锋"这样的英勇口号。读了亚瑟王的故事，他就梦想成为拉莫拉克爵士，虽然书里描写这位爵士的文字不多，但他就是喜欢这个名字。于是，乔恩拿着一根长竹竿，骑在晃晃悠悠的木马上，模仿拉莫拉克英勇战斗。

他觉得《贝维斯》不够刺激，而且需要很多道具才能玩，他的房间除了两只猫菲茨和帕克，什么都没有，猫咪们也不配合他的游戏。至于《汤姆·布朗的学校生活》，他还太小，读不懂。一个月后，他病好了，终于能出门了。

春天来了，树木绿得像海上的帆船一样。对乔恩来说，这是个美妙的季节，但也是对他裤子、衣服和奶妈"嗒嗒"耐性的一大考验，因为奶妈总得忙着洗衣服、缝补。

每天早上，吃过早饭，乔恩的父母就能从窗户看到他从书房出来，穿过露台，勇敢地爬上老橡树，金色的头发在阳光下闪闪发光，新的一天就这样开始了。由于要上课，他没法跑到远处去玩，但老橡树就像艘大船，有主桅、前桅和顶桅，乔恩能用绳子和秋千上下攀爬，乐此不疲。十一点下课后，他会跑到厨房拿点奶酪、饼干和几颗法国李子，想象成是船上的补给，然后吃得津津有味。吃完，他就全副武装，带上玩具枪和剑，开始上午的冒险攀登，一路上想象遇到奴隶贩子、印第安人、海盗、豹子和大熊。

这时候，乔恩常模仿书中的迪科·尼德汉姆，嘴里叼把小刀，在模拟的爆炸声中穿梭，这些爆炸声是借助花匠的帽子模拟的，还有些摆件被他用玩具枪射出的小豆子打得东倒西歪。这段时间，乔恩的生活充满了小男孩的英勇与淘气。

在老橡树的树荫下，爸爸对妈妈说："乔恩真是个捣蛋鬼，将来恐怕只能做个水手，或者别的不太稳当的工作。你觉得他有审美眼光吗？"

"完全没有呢！"妈妈笑着回答。

"还好，他不是那种整天玩弄轮子和机械的类型！我对那些最没兴趣了。我更希望他对大自然能多点儿兴趣。"爸爸继续说道。

"乔恩想象力丰富得很。"妈妈补充。

"是的，但他的想象力总带着点儿暴力。比如说，他有没有展现出爱过谁？"爸爸好奇地问。

"目前还没有特定的人。但他对所有人都有爱心，没人比乔恩更善良、更惹人喜爱了。"妈妈自豪地说。"那是因为他是你的宝贝，艾瑞妮。"爸爸笑答。

此时的乔恩正躲在老橡树的一个枝头上，偷偷用两颗黄豆射向爸妈，成功"击中"他们。虽然他没听到完整对话，但那些话在他心里留下了痕迹：充满爱心、可爱，却又带点儿暴力。

随着时间流逝，树叶变得浓密，迎来了他的八岁生日，五月十二日这一天。每年的生日对他来说都是特别的，晚餐时他会挑他最爱的甜面包、蘑菇、杏仁饼，还有姜汁汽水。

但从八岁到那个在楼梯拐角晒太阳的七月中旬的下午，发生了很多变化。奶妈"嗒嗒"可能是洗裤子洗腻了，也可能是被婚姻的念头牵引，竟然在他生日那天哭着说要"结婚"，离开了。这种让奶妈离开照顾多年孩子的力量真是神秘！

为了避免乔恩难过，大家起初瞒着他。得知真相后，他难过了整个下午。其实不应该瞒着他。好在，两箱的玩具士兵、一些小炮兵模型，还有作为生日礼物的《年轻的号手们》这本书，让他把悲伤转化为新的游戏。乔恩不再亲自冒险，而是指挥着无数的士兵模型、玻璃球、石子、豆子，展开想象中的战役。他收集各种可以用来发射的小玩意儿，轮流模拟半岛战争、七年战争和三十年战争，这些都是他从《欧洲史》那本厚重的祖传大部头书中了解到的。乔恩别出心裁，将这些历史战争改编后，在自己的房间里演绎了一遍又一遍。没有人敢轻易踏入，怕惊扰了瑞典国王"古斯塔夫二世"，或是踩到奥地利的"军队"。

乔恩特别偏爱奥地利，仅仅因为"奥地利"这个名字吸引他。尽管在历史上奥地利军队胜仗不多，但在他的游戏里，奥地利总是能够取得胜利。他最喜欢的奥地利将领有尤金、查尔斯和沃伦斯坦，提理和麦克虽然是奥地利人，却不怎么得他喜欢。他还特别喜欢"图任尼"这个响亮的名字。

从五月到六月中旬，乔恩的室内战争游戏一直持续不断，这让他的父母有些担心，毕竟孩子们应该在户外活动才好。

直到父亲带回了《汤姆·索亚历险记》和《哈克贝利·费恩历险记》这两本书，乔恩被书中的故事深深吸引，重新燃起了对户外探险的热情，一心寻找一条属于自己的"河流"。可惜罗宾希尔山附近并没有真正的河流，于是他决定在池塘里创造自己的"河流"世界。池塘里有睡莲、蜻蜓、小昆虫和芦苇，还有几株柳树环绕，环境优美。经过父亲和吉拉特的考察，确认池塘只有两英尺深且底部土壤坚固，他们为乔恩购置了一艘方便收纳的折叠独木舟。

于是，乔恩每天不是在池塘里划船就是在船里躺着，假装逃避假想的印第安人或其他敌人。他还用空饼干盒在池塘边搭建了一个小棚屋，用树枝作屋顶，棚屋虽小，却成了他烹饪"野味"的基地，用捡来的树枝假装烤小鸟和鱼（尽管池塘里没有鱼）。就这样，整个六月和七月，父母在爱尔兰度假期间，乔恩独自在酷暑中，与他的玩具枪、小棚屋、独木舟相伴，沉浸在冒险的幻想中。

聪明的乔恩，即使他努力逃避审美的问题，美仍然不时悄悄来到他的世界，它在蜻蜓的翅膀上闪烁，在睡莲上舞蹈，或在他仰望天空时温柔地拂过他的眼帘。

这段时间，由琼"阿姨"和一个"大人"照顾他，但这位"大人"总是咳嗽，还用油灰泥做雕塑，所以琼很少陪乔恩去池塘。

一次例外是琼带了两个新朋友来，乔恩刚好全身涂满了父亲的水彩，以蓝黄条纹装饰，头上还插着鸭毛，没穿衣服。见到他们靠近，他机灵地躲到柳树后。如他所料，他们查看了小棚屋，乔恩趁机大吼一声，吓了琼和那位女士一跳。这两位新朋友——郝丽"阿姨"和法尔"叔叔"，法尔"叔叔"腿有点儿瘸，脸色暗沉，还爱开玩笑，乔恩不太喜欢他，但对郝丽"阿姨"有种姐姐般的亲切感，就像琼一样。

他们当天就离开了，乔恩再没见过他们。琼"阿姨"也在父母回来前三天匆忙离开，带走了咳嗽的"大人"和油灰塑像。法文老师告诉他那位"大人"病得很重，禁止他接近，虽然好奇和孤单，但乔恩还是遵守了禁令。

那段在池塘的快乐时光已经成为过去，乔恩的心中填满了渴望，期盼着某种温柔的东西，既不是树也不是枪，而是某种细腻之物。父母回来前的最后两天漫长得像几个月。他虽然还能读《海上冒险》，故事是讲一位女士被困海上，自己点火求生的壮举。

这两天，乔恩在楼梯上跑上跑下不下百来回，还偷偷溜进妈妈的房间，静静浏览每样东西，不去碰触，再溜到更衣室，单脚踩在浴缸边，像斯林斯比那样，轻声念咒语"呼，呼，喵喵喵"，好像这样能招来好运，神秘极了。随后，他再溜回妈妈房间，打开衣柜，深深吸一口气，仿佛那气息能带他到某个地方，但他说不出是哪里！

此刻，乔恩站在洒满阳光的房间里，想着怎么下楼去迎接爸妈，所有的想法都显得幼稚。乔恩突然有些累，慢悠悠地下了楼梯。下楼时，他清晰地想起了爸爸的形象——灰色的短胡须，深邃明亮的眼，眉眼间带着笑意的皱纹，瘦高的身影。在乔恩眼里，爸爸非常高大。妈妈的样子却模糊，只有那双深色眼眸回望他，以及衣柜的味道。

贝拉在大厅拉开窗帘，敞开门，乔恩带着点狡黠说："贝拉！"

"是，小少爷。"贝拉答。

"他们一到，给我们送茶到橡树下，他们爱这样。"乔恩说。

"其实是你想吧。"贝拉笑道。

乔恩想了想："不，他们喜欢！他们会讨好我的。"

贝拉微笑："好，我去准备。你乖乖在这，他们来前别闹。"

乔恩点头，选了最下面的台阶坐下。

贝拉走近，看了看他。

"起来！"她命令道。

乔恩站了起来。她审视了他一圈，身上没草叶，膝盖也干净。

"好吧，"她说，"看看，晒得黑了。亲一个！"

她快速在乔恩头发上亲了一下。

"今天的果酱是什么呢？"乔恩问，"等得好无聊。"

"覆盆子和草莓酱。"贝拉说。

"啊，都是他爱的！"乔恩说。

贝拉离开了。乔恩安静坐着，等了好久。

太阳从东边的大门照进来，大厅亮堂又宁静。门外，乔恩家的那棵大树好似一艘大船缓缓航行在绿色的草坪上。大厅里的柱子随着时间推移投下长长的影子，乔恩起身，轻巧地跳过一道影子，绕着中间那座满是鸢尾花的大理石水池转了一圈。花儿虽然漂亮，但香气淡淡的。他走到门廊，往外望去，心里暗暗焦急，生怕等待太久，他们还不回来。

正当这时，乔恩的注意力被吸引了。灰蓝的阳光下，细小的尘埃在飞舞，他伸手想去捕捉那些微粒，却只是徒劳。他心想，贝拉该打扫打扫这里了！但或许那只是阳光的错觉。为确认这点，他走出室外，发现外面的阳光确实与屋内不同。

尽管答应过要乖乖待在大厅，但乔恩还是被好奇心驱使了。他穿过碎石铺成的小路，跑到远处的草地上躺下，随手摘了六朵雏菊，分别为它们起了名字：拉莫拉克爵士、特里斯坦爵士、兰斯洛特爵士、帕里米迪斯爵士、鲍斯爵士、高文爵士。他让这些"爵士"们相互比武，最终，因为是枝干粗壮的那朵，拉莫拉克爵士成了唯一的胜利者，尽管它也已摇摇欲坠，显得筋疲力尽。

草丛中，一只甲虫慢悠悠地爬着，草长得有点儿过高了。每片草叶都像是一棵微型树，甲壳虫在叶梗上缓缓滑下。乔恩用"拉莫拉克爵士"轻轻触碰甲虫，小虫惊慌失措地缩成一团，模样逗趣。乔恩忍不住笑出声，但很快又觉得无趣，叹了口气，心中有种说不出的空虚感，便翻身平躺，凝视着蓝天。酸橙花的香甜弥漫在空气中，几朵白云悠闲地飘浮在蓝天上，美得像是能尝出柠檬冰的味道。远处传来鲍勃用六角风琴演奏的《沿着苏万尼河而下》，旋律悠扬又带点儿忧伤。乔恩再次趴下，模仿印第安人将耳朵贴近地面，试图听到远方的声音，却只听到了风琴声。

突然间，一阵细微的车轮声响起，是汽车！乔恩立刻跳起来，犹豫着是该在门廊守候，还是跑上楼大喊一声"看这里"，然后滑下楼梯扶手迎接他们。车已驶入车道，时间紧迫！乔恩决定留在原地，兴奋地蹦跶着。车迅速靠近，停稳。爸爸下车，看起来精神饱满，弯腰准备迎接，乔恩猛地一跃，两人重重拥抱在一起。爸爸笑道："天哪，小子，你晒黑了不少啊！"其实，爸爸自己也晒黑了。这时，乔恩心里涌起一股难以言喻的期盼和需求，松开爸爸他羞涩地望向微笑的妈妈。妈妈穿着蓝色的连衣裙，头戴蓝色头巾，发髻被包裹在头巾里。乔恩用力一跳，双腿环住妈妈的腰，紧紧抱住她。他能感觉到妈妈温暖的怀抱和急促的呼吸，两人的目光交汇，深蓝对深棕，直到妈妈亲吻了他的眉心。他用尽全力回抱着妈妈，妈妈笑着，有些吃力地说："乔儿，你长大变壮了！"

随后，乔恩滑下，牵起妈妈的手，一起快步走进了大厅。

在老橡树的阴凉下，乔恩边吃果酱边注意到了妈妈的一些新变化，这些他以前可没怎么留意过。比如说，妈妈的脸摸上去软软的，金黄色的头发里藏着几根白发，她的脖子白白净净的，不像贝拉的有小疙瘩；妈妈走路也总是轻手轻脚的。他还发现妈妈的眼角有了一点点细纹，眼睛下面有点儿淡淡的黑眼圈，可这在他眼里，妈妈变得更美了，比奶妈“嗒嗒”、教法语的老师、琼“阿姨”，还有他以前特别喜欢的郝丽“阿姨”都要好看。

贝拉嘛，就更不用说了，她脸红扑扑的，做事还老是急急忙忙的。这些新发现对乔恩来说太重要了，以至于吃饭时他都有点儿心不在焉。吃完饭，茶点过后，爸爸带他在花园里散步，两人聊了很多。乔恩告诉爸爸很多事情，但都是些平常的事情，并没提自己玩的“拉莫拉克爵士”游戏、假想的奥地利士兵，还有之前那种空荡荡的感觉，现在他已经觉得心里满满的了。爸爸跟他讲了他们去过的一个地方，叫格兰索凡特里姆，那里特别安静，有时候会有小精灵从地底冒出来。

乔恩停住脚步，脚跟向外撇开，问爸爸：“你真的相信小精灵能从地下钻出来吗？”

爸爸笑笑说：“我不信，不过我觉得你会信。”

“为什么呢？”乔恩追问。

“因为你年纪小啊，小精灵听起来就挺吸引你的！”爸爸回答。

乔恩噘起嘴说：“我不信小精灵那一套，我从来没见过。”

爸爸哈哈大笑。

"妈妈相信吗？"乔恩又问。

爸爸笑得有点儿古怪，说："妈妈啊，她只相信潘。"

"潘是什么？"乔恩好奇。

"潘是山林里的神仙，整天在野外和美景里跳来跳去的。"爸爸解释。

"潘在格兰索凡特里姆吗？"乔恩接着问。

"妈妈说是的。"爸爸回答。

乔恩踮起脚尖，继续问："那你见过潘吗？"

"没见过，但我见过维纳斯·安娜迪奥米妮。"爸爸说。

乔恩想，他在故事书里看过"维纳斯"，还以为"安娜"是她的名字，"迪奥米妮"是姓。结果一问，才知道"维纳斯·安娜迪奥米妮"是个完整的词，意思是泡沫中诞生的。"她也是从格兰索凡特里姆的泡沫里出来的吗？"乔恩好奇地问。

"对啊，都是这样。"爸爸回答。

"她长什么样，爸爸？"乔恩紧接着问。

"就像妈妈那样。"爸爸简单回答。

"哦！那她一定——"乔恩没往下说，而是跑去墙边，爬上又跳下。他知道妈妈非常漂亮，这事得保密，不能让别人知道。爸爸的雪茄总是那么长，好像永远抽不完似的。终于，乔恩憋不住了，开口说："我想去看看妈妈带回来的东西，您不介意吧，爸爸？"

他尽量让声音听起来成熟稳重，装出一副小大人的样子。但爸爸似乎看穿了他的心思，这让乔恩感到有点儿不好意思。爸爸叹了口气，说："去吧，孩子，去亲近她吧。"

他先假装不急，慢慢踱步，然后突然加速跑起来，好像要补回刚才慢慢走浪费的时间。他从自己的房间直冲进妈妈的卧室，门正开着。妈妈正弯腰站在一个箱子前，他悄悄接近她。

妈妈直起身来，问："怎么了，乔儿？"

"我就来看看。"乔恩说。

妈妈又给了他一个拥抱。乔恩爬到窗边的座位上，盘腿坐下，看着妈妈整理行李。他这样坐着，观察着，心里很高兴，一方面是因为妈妈拿出的一些东西让他觉得好奇；另一方面，他就是喜欢看着妈妈。她的动作与众不同，和任何人都不一样，特别是和贝拉相比。在乔恩看来，妈妈是最优雅的人。

最后，妈妈收拾完箱子，蹲在他面前，问："想我们了吗，乔儿？"乔恩点点头，想了想，又更用力地点点头。"不是有琼'阿姨'陪你吗？"妈妈问。

"哎呀，她身边有个男的，还老是咳。"乔恩说。

妈妈的脸色变了，似乎有些生气。他连忙补充："那个叔叔挺可怜的，妈妈；他咳嗽得特别厉害；我还是有点儿喜欢他的。"

妈妈搂住他的腰，问："你都喜欢每一个人吗，乔儿？"

乔恩想了想，回答："有点儿吧。有次周日，琼'阿姨'带我出去了。我觉得不太舒服，所以她很快就送我回家了，其实我没病。到家后，我上床躺下，喝了点儿热白兰地加水，然后看了《比其伍德的孩子们》那本书，感觉特别棒！"

妈妈抿了抿嘴，问："那是什么时候的事？"

"哦！很久以前了——我还想让她再带我出去，但她不愿意。"

沉默片刻，乔恩认真地说："我不想长得太快，也不想上学。"他坦率地表达了自己的愿望，脸微微泛红，继续说："我——我想和您在一起，妈妈。"

为了缓解这突如其来的尴尬，乔恩马上又加上一句："今晚我也不想睡觉，每天都睡觉真是烦死了。"

"又做噩梦了吗？"妈妈关心地问。

"可能有一次。今晚，妈妈，您能把门留条缝吗？"

"好吧，可以留个小缝。"

乔恩满意地叹了口气，又问："在格兰索凡特里姆您看到了什么？"

"美，亲爱的。"妈妈回答。

"什么是美呢？"他又追问。

"什么是美……哦！乔儿，这个问题可不容易回答啊！"妈妈说。

乔恩又问："那我能亲眼见到美吗？"

妈妈站起身，挨着他坐下来。"当然能，每天都能见到。比如蓝天、夜晚的星星月亮，还有鸟儿、花朵、树木，看看窗外，这些都是美，乔儿。"

"哦，我知道了，那些风景。就只有这些吗？"乔恩有些疑惑。

"不，远远不止。还有辽阔的大海，波涛汹涌，泡沫翻滚，也很美。"妈妈描述着。

"妈妈，那您是不是也像泡沫中的美人一样，每天都会出现呢？"

乔恩好奇地问。

妈妈笑出了声："嗯，我们游泳的时候算是一种体验吧。"

乔恩突然伸出胳膊环住妈妈的脖子，神秘兮兮地说："我就知道，您就是美的化身，其他的都是陪衬。"

妈妈轻叹一声，笑中带宠："哎呀，乔儿，你这张小嘴！"

乔恩带着审视的眼神说："那您觉得贝拉美吗？我可不觉得她有多美。"

"贝拉年轻，年轻本身就是一种美。"妈妈解释道。

"但妈妈您看起来比她更年轻，如果你们比赛，她肯定会输。在我看来，奶妈'嗒嗒'不漂亮，法语老师更是难看。"

"我觉得法语老师的脸其实挺有特色的。"妈妈说。

"好吧，特色。我喜欢看您笑起来眼角的细纹，妈妈。"

"细纹？"妈妈不解。

乔恩用手指轻轻点了点她眼角的皱纹。

"哦，你说这个啊，是岁月的痕迹。"

"您笑的时候就有。"乔恩说。

"以前没有的。"妈妈回忆道。

"嗯，反正我很喜欢。妈妈，您爱我吗？"乔恩问。

"当然，非常爱你，宝贝！"妈妈回答。

"会一直爱吗？"乔恩追问。

"一直都会！"妈妈肯定地说。

"比我想的还要多？"乔恩继续问。

"多很多。"妈妈笑着答。

"嗯，我对您的爱也一样，我们是均等的。"乔恩说。

那一刻，乔恩感觉自己前所未有的真诚，一股展示自己英勇的冲动油然而生，就像他心中的英雄拉莫拉克爵士、迪克·尼德汉姆、哈克贝利·费恩一样。

"我给您表演个特技怎么样？"他边说边从妈妈怀里滑出来，做了一个倒立。妈妈惊讶又欢喜的表情让他更加起劲，接着他爬上床，连着做了好几个鲤鱼打挺。

晚上，乔恩翻遍了父母旅行带回来的东西。晚餐后，父母面对面坐在小圆桌旁，这是他们平时独处的方式。今天，乔恩夹在中间，显得格外兴奋。妈妈穿着一件法式的灰色裙子，脖子上系着一条玫瑰色的棕色花边丝巾，但实际上，妈妈的皮肤比那丝巾更引人注目。乔恩盯着妈妈，直到爸爸那奇特的微笑让他意识到自己过于专注，赶紧将视线转回到自己盘中的菠萝片上。

夜已深，该是睡觉的时候了，乔恩故意磨磨蹭蹭地脱衣服，就想和妈妈多待一会儿。终于只剩下睡裤了，乔恩恳求道："您得答应我，我祈祷的时候您不会走开。"

"我答应你。"妈妈说。

乔恩跪下来，脸埋在枕头里，小声地开始祈祷，偶尔偷瞄一眼，见妈妈静静站在那里，脸上挂着微笑。祈祷完，他突然说："妈妈，注意啦！"他一跃而起，扑进妈妈怀里，又依偎了一会儿。钻进被窝后，他还紧紧握着妈妈的手。

"您不会让门缝变得更小吧？您不会离开太久吧，妈妈？"乔恩又问了一遍。

"我要下楼去给爸爸弹首曲子。"妈妈说。

"哦，好啊，我会听着的。"乔恩答应着。

"可我更希望你去睡觉。"妈妈提醒他。

"我哪天晚上都能睡着！"乔恩坚持。

"今晚也没什么特别，该和别的夜晚一样。"妈妈说。

"不，今晚不一样，是特别的。"乔恩强调。

"往往在特别的夜晚，人们睡得最香甜。"妈妈解释。

"可是妈妈，我睡着了就听不到您回来了。"乔恩争辩。

"没关系，我上来时会亲吻你。如果你醒着，你会知道；如果你睡着了，你也会在梦里感受到这个吻。"妈妈安慰他。

乔恩叹了口气。"好吧！"他说，"那就这样吧，妈妈。"

"真的好吗？"妈妈问。

"爸爸说的那个名字是什么来着？是维纳斯·安娜迪奥米德斯吗？"乔恩问。

"哦，那是我的女神，是安娜迪奥米妮。"妈妈纠正。

"对，就是这个！但我更喜欢我给您起的名字。"乔恩说。

"你给我起的什么名字，乔儿？"妈妈好奇地问。

"桂妮薇尔！来自圆桌骑士的故事，因为您头发垂下来的样子让我想到的。"

妈妈的眼神似乎飘向了远方。

"您不会忘记来的，对吧，妈妈？"乔恩再次确认。

"你快睡，我就不会忘。"妈妈保证。

"那好，就这样。"乔恩同意了。

然后，乔恩闭上了眼睛。他感受到了妈妈轻柔的吻和离开的脚步声。他睁开眼，目送她走向门口。乔恩叹了口气，再次闭眼。

他开始尝试入睡。大约过了十分钟，乔恩真诚地尝试入睡，按照奶奶"嗒嗒"教的数着蓟花，虽然老套，但据说有助于睡眠。他数着数着，仿佛时间拉长了好几个小时。他觉得时间差不多了，妈妈应该上来了。"太热了！"他说。他掀开被子，在黑暗中，他的声音听起来怪异，仿佛出自他人。

妈妈怎么还没来呢？乔恩坐起来，决定去查看。他下了床，走到窗边，小心翼翼拉开窗帘一角。外面不是全黑，但他分辨不清是天光还是月光。月亮又圆又大，带着一种奇异而略显邪气的笑，似乎在嘲笑他。这不是他喜欢的月亮。但想起妈妈说月夜很美，他又往外看了一眼。树影婆娑，草坪像被牛奶洗过。远远地，哦，真的很远，好像到了世界的尽头，一切显得那么不同，模糊而迷蒙。从窗口，他闻到了一股清新的气息。

"我多么希望也能像诺亚那样，身边有一只鸽子陪伴。"他心里默默想着。

"朦胧的月儿圆又亮，照亮了大地。"一首童谣不经意间窜入脑海，乔恩感觉到那音乐温柔极了——真是迷人！妈妈正在弹钢琴呢！他突然想起自己藏在抽屉里的小杏仁饼，便走过去拿了出来，回到窗边。

他把半个身子探出窗外，一边大口咬着小饼，一边时而停下来倾听那音乐。奶妈曾告诉他，天堂里的仙女们弹的是竖琴。但是妈妈在月光下的演奏，比那些仙女美妙千百倍！尤其是在他吃着杏仁饼的时候！一只金龟子嗡嗡飞过，还有一只飞蛾扑向他的脸。音乐戛然而止，乔恩迅速缩回头。肯定是妈妈上来了！他不想让妈妈知道他还没睡着，于是飞快地爬回床上，拉上被子，几乎盖到鼻子。不过他忘了拉窗帘，一束月光溜了进来，正好照在床脚的地板上。他盯着那光，它似乎在轻轻摇曳，像有生命一般，慢慢靠近他。琴声再次响起，这次他只感到音乐催人入睡，非常催眠——昏昏欲睡——音乐，沉沉……

琴声起伏，停顿。月光爬上了乔恩的脸。他仰躺着，小手抓着被角，眼皮微微颤动。他进入了梦境。他梦见自己用一个圆盘喝牛奶，那圆盘就是月亮。一只大黑猫面对着他，像爸爸一样对他微笑。猫轻声说："别喝太多！"这当然是猫的牛奶了。他友好地伸出手想摸摸它，但它却消失了。圆盘变成了床，他躺在上面，想下床却找不到边缘，找不到边缘——他下不去床！太可怕了！

梦中的乔恩哭了起来。床开始旋转，忽隐忽现，越来越快，是《海上风云》里的李妈妈在搅拌！哦！天啊！她看起来好吓人！越来越快了！他、床、李妈妈、月亮和猫一起变成了一个轮子，转啊！上升，害怕！——害怕！——害怕！

他尖叫起来。

一个声音穿透了梦境："宝贝，宝贝！"

他惊醒过来，坐起身，瞪大了眼睛。是妈妈，她的头发像桂妮薇尔一样。他紧紧抱住妈妈，把脸埋进她的长发里。

"哦！哦！"乔恩喊着。

"没事的,宝贝。你现在醒了,一切都好了,没事的。"妈妈安慰他。

但乔恩还在说："啊！啊！"

妈妈的声音在他耳边轻轻地，温柔地说："是月光，宝贝，月光照在你的脸上。"

乔恩躲进她的睡袍里，又说："可您说月亮很美。啊！"

"在月光下睡觉感觉就不一样了,乔儿。是谁让月光照进来的呢?是你拉开窗帘的吗？"妈妈问。

"我想看看时间；我——我往外看，听到您在弹琴，妈妈；我——我吃了杏仁饼。"

乔恩慢慢地不再害怕了，他心里那种想要找个理由解释恐惧的感觉慢慢消失了。

"妈妈，我觉得李妈妈老在我脑袋里转，特别厉害呢。"他小声嘀咕着。

"乔儿,你都要睡觉了,还吃杏仁饼,这能做好梦吗？"妈妈笑问。

"就一块，妈妈。不过吃了它，音乐都更好听了。我等您好久了，感觉好像等到了明天似的。"乔恩说。

"宝贝，现在才十一点呢！"妈妈告诉他。

乔恩没说话，用小鼻子蹭了蹭妈妈的脖子。

"妈妈，爸爸在您房间吗？"他问。

"今晚他不在。"妈妈回答。

"那我能跟您一起睡吗？"乔恩问。

"你想来就来吧，宝贝。"妈妈温柔地说。

乔恩稍微冷静下来，突然觉得自己刚刚的话有点儿不好意思。

"妈妈，您看起来不一样了，更年轻了。"他说。

"可能是头发的原因吧，亲爱的。"妈妈笑着摸了摸头发。

乔恩抓了抓妈妈的头发，发现它们又厚又亮，像黑色的金丝带，里面夹杂着几根银线。

"我喜欢您这样的头发，妈妈，最喜欢了。"乔恩说。他拉起妈妈的手，一起走过房间中间的门，轻轻关上门，长长舒了一口气。

"妈妈，您睡床的哪边？"他问。

"左边。"妈妈答道。

"那好。"乔恩说着，赶紧爬上床，生怕妈妈反悔。这张床比他的软多了，他舒服地叹了口气，把枕头卷成圈，枕着头，脑海里却还是出现了打仗的场面，有战车、剑和长矛。这些画面总是晚上冒出来，让他害怕。

"其实，那些都不是真的，对吧？"乔恩问。

妈妈坐在梳妆台前，说："是啊，那些都是想象出来的。月亮照的，别想太多，乔儿。"

尽管这样，乔恩还是忍不住激动，嘴硬地说："我不怕，真的不怕！"他躺着，脑海里的画面挥之不去。

"妈妈，你快点儿过来嘛！"他有点儿急了。

"宝贝，妈妈要把头发扎起来。"妈妈说。

"今晚就算了吧，明天早上还得解开。我现在困了，您再不过来，我可就不困了。"乔恩撒娇。

妈妈站起来，穿着白色的睡衣，身材好看极了。镜子映出她的身影，她的头轻轻一转，头发在灯光下闪闪发光，黑眼睛里含着笑意。扎头发似乎也没那么重要了！"好啦好啦，我来了。"妈妈说。

乔恩闭上眼，一切都很好，就等妈妈快点儿来。他感到床微微一动，知道妈妈上床了。

他闭着眼睛，困倦地说："这样就对了，是不是？"

迷迷糊糊中，他听见妈妈的声音，感觉妈妈的嘴唇轻轻碰了碰他的鼻子。他紧紧贴着妈妈，妈妈则清醒着，心里满满的爱，思绪万千。这一晚，乔恩睡得特别香，没有做梦，好像把他所有的小害怕都留在了昨天。

在妈妈的怀抱里，乔恩觉得超级安全，那些害怕和乱七八糟的想法都被黑夜带走了。他就这样蜷在妈妈旁边，呼吸渐渐平稳，进入了一个没有打打杀杀，只有温柔月光和美妙音乐的梦乡。梦里，可能还有一只安静的鸽子，就像诺亚方舟上的那只和平鸽，守护着他的每个夜晚。

妈妈则轻轻地把手放在乔恩背上，感受着他的呼吸和偶尔的翻身。她心里既高兴乔恩的天真和依赖，又感叹成长的路免不了会遇到小困难和害怕。她默默地希望，乔恩能在爱和勇敢中长大，学会应对生活中的一件件事情，找到自己的平静之地。

夜越来越深，房间被柔和的月光照得更加温馨而神秘。这份安静的时光，母子俩虽然没有说话，但那份默契和联系已经不需要言语。不管外面世界怎么变化，家永远是最坚强的后盾，爱永远是最温暖的力量。

在月光和屋里温馨的氛围中，乔恩在妈妈的陪伴下，沉沉地进入了梦乡，准备好迎接新的一天。明天，他会带着昨晚得到的安全感和勇气，继续探索这个奇妙而又充满挑战的世界。